先前的風氣

穆濤

目次

【身體裡的風氣】

【正信】

【信史的溝與壑】

【漢代告誡我們的】

【文學，文風，與文化氣質】

〔推薦序〕
說穆濤得獎

賈平凹

穆濤能獲獎確實是西安市文聯的一件喜事，大事。也是西安市的喜事，大事。當然也是咱們省上的喜事，大事。報社記者採訪時我說，穆濤獲獎的意義，不僅僅是《先前的風氣》這一本書，當然首先是這一本書，而且通過這一次獲獎傳達了兩個信息，一個是這本書本身就寫得好。再一個對《美文》來講也是很好的，是對《美文》長期以來對於當今的散文做了一種導向東西的一種褒獎。魯迅文學獎評出來以後網上也有非議，這些非議都不涉及穆濤。穆濤獲獎，我覺得是實至名歸。

《先前的風氣》裡面大多文章以前在刊物上都發表過。這一本書說散文也是散文，說雜文也是雜文，在我心目中，它是散文的一種，從我個人來講，我欣賞這一種。就拿現在對散文雜文的界定來講，可以說是散文也是雜文，就是雜說的這一類文章。穆濤的這些文章裡有他的觀念、有他的智慧，同時也有對具體問題的思考。一般人認爲穆濤是個編輯，除了是一個編輯，他同時也是一個特別優秀的作家。最初把穆濤從河北挖過來，完全是看上他的寫作才能，覺得這個人文章寫得好，就把這個人挖過來了，《美文》創刊的前幾期上都有他的散文。組建《美文》編輯部的時候，編輯都是以這種方式挖來的，都是看文章寫得好才挖過來的，只是挖穆濤的時候費的周折比較大，是從外省挖過來的。如果不挖來，這些人在國內早就成了有名的作家了。當然來了以後主要的任務是當編輯，但同時也在寫東西，當年的《美文》編輯部就是一撥作家組成的。穆濤之所以後來能當執行主編，是摯愛編輯工作。嚴格講他寫的文學作品並不多，但他對作品的鑒賞能力，還有組織能力，我覺得是很傑出、很出眾的，再加上他的文學趣味、鑒賞能力以及編輯方面的能力。說是執行主編，實際上這些年比主編還主編，他老給主編派活呢。穆濤是主編，我是封面上的主編。

文壇這些年，比如說小說界，革命成分特別多。從八〇年代開始，你兩三年再不發表東西，再不寫東西，人家就把你忘了。散文界常有有名的散文家，但很少有知道代表作的，幾十年前有名，幾十年後仍有名，這是散文界的革命成分少。當時《美文》提出「大散文」，就是想在散文界革命。提出來的時候眾說紛紜，意見不同，但是幾十年過去以後基本上統一了，而且到處都在用這個理念。穆濤這一本《先前的風氣》，大多數文章是圍繞著編《美文》來談的，是面對著全國散文界來發言的，他的出發點基本是這樣的。就我了解也不是他爲出一本書才寫這些文章，是以工作出發來寫的，圍繞著散文創作的一些具體問題，以及怎麼編好《美文》，以實用的東西來寫的文章。散文實際上是一種實用性的東西，有實用性才能寫得更好。但文章裡面又確實有他的觀點、知識、才華。現在散文那麼多，但穆濤的作品今天看有意思，明天看有意思，後天看還會有意思。散文有個傳統，春秋戰國時期的諸子百家，包括老子、孔子，包括後來佛教方面的經典都是用短東西說出來的，這些東西特別有意思。一直到後面明清時候的那些散文，歸有光、張岱、錢謙益這一批人寫的文章，都是談天說地。一直到現在的錢鍾書、張中行、董橋，這些人也是善於寫短文這種雜說體。我覺得雜說是境界最高的，只不過我剛才提到的那些人到晚年的時候寫的文章都是談天說地，但是裡面充滿了智慧，不是抒情性的。當然穆濤這一本書，也不能和歷史上那些人相比，但是穆濤寫的文章不是談天說地，裡面也有談天說地，說人生，但他更多地限制在文史上，在目前的文壇上發表一些自己的看法。但這個已經夠了，在現在這個年代，在現在這個散文界，我覺得已經夠了，而且出這麼一個人是不容易的。

穆濤的朋友都知道他的才華，也都知道他的犟脾氣。可能有人對穆濤還有意見，我覺得這個人個性確實強，但是確實有才。從愛護人才這方面我再說一點，要放開叫他弄，因爲聽話的人一時好，長遠下去其實對用的人來說是不好的。穆濤獲獎以後，我跟他講，獲不獲獎都無所謂，散文界都知道穆濤有才有水平，文章寫得好。獲獎這件事對於他如同是同居多年的人，五十多歲了，補辦了個結婚證。

（自序）

當規矩和文明淪落之後

——《先前的風氣》臺灣版序

西元前二二一年，秦滅六國，實現了國家的大一統。七年後，西元前二一三年，秦始皇下達焚書令，全國範圍內大面積禁書，重點是記載六國歷史的書、《詩經》、《尚書》，以及諸子百家著作。「非秦記皆燒之。非博士官所職（文化官員用書），天下有敢藏《詩》、《書》、百家語諸刑書者，悉詣守尉（全部上繳政府），雜燒之；有敢偶語（私下談論）《詩》、《書》者棄市（斬首示眾）；以古非今者族滅（滅門）；吏見知弗舉（檢舉）與其同罪。令下三十日不燒，（主要官員）黥（臉上刺字）為城旦（守城）。所不去者（不在禁書之列），醫藥、卜筮、種樹之書。」（《史記‧秦本紀》）。再七年後，西元前二〇六年，秦朝滅亡，一個浩大的帝國只存世十五年，其中的教訓應該深刻反思。也在這一年，項羽率兵進了咸陽城，放了一把燒了三個月的火，整個秦皇城，包括國家館存圖書，全部化爲塵埃。秦始皇的焚書之害，是惡劣的政治對中國文化傳統的一次大掃蕩，也是對戰國以降百家爭鳴寬鬆文化生態的終結。

從文化的角度看，由秦國終結思想活躍的戰國時代，本身就是個悲劇，因爲是法家勝出。法家是只講勝負，不擇手段的代表，打著文化旗幟做反文化的事情。《史記．商君列傳》裡有一棵典型的「三丈之木」案例，商鞅在一系列改革措施出臺之前，搞了個取信於民的測試，把一根三丈高的木頭豎在市場的南門，市場是人多眼雜之地，便於廣告。在木頭邊上貼出一張告示，誰把這棵木頭搬到市場北門，獎勵十金。告示貼了三天，沒有人理會，因爲獎金高得離譜，老百姓以爲是政府設下的騙局。三天後更換告示，把獎金提升到五十金。一個混混抱著賭徒心理把木頭搬到北門，於是他得到了五十金。這是典型的秦政府思維模式，實質上不是取信於民，而是不管政府做的事情多麼出格，多麼不靠譜，都不要去懷疑，只管相信並遵守就夠了。秦國西元前二二一年實現國家統一，十五年後，帝國大廈崩潰，大秦政府不是讓陳勝吳廣的游擊隊打垮的，而是失信於民，民心喪盡。春天到了，一棵樹上的葉子綠了，漫山遍野的就都綠了。

有一句老話，叫「腹有詩書氣自華」，具體指的是一個人讀了《詩經》、《尙書》之後，氣質就不一樣了。秦朝高度警惕《詩經》和《尚書》，在於這兩部書的思想價值。《詩經》是一部詩歌集，但位列「五經」之首。《詩經》的源頭在周代，周代的政府發明了一種民意調查方法，叫「采風」，采風就是采詩，采擷民間創作的詩歌作品，政府設置采詩官，類似於文聯這樣的機構，上到國家，下到省市縣都有這樣的編制崗位。各地的采詩官把搜集到的詩上呈各諸侯國，諸侯國再擇優上呈周天子，還要配上音樂朗誦，這就是當年的「獻詩」制度。采詩官采詩以及諸侯所獻詩有一個基本標準，就是以「怨刺詩」爲主，相當於諷刺詩。諷刺詩裡邊可能有過頭的話，但心態是真實的。讚美詩裡全是動聽的語言，但可能摻假，會有邀功的東西。周天子憑藉這些詩洞察各地的民俗、民風、民情、民心和民意。《詩經》中的「國風」一百六十首詩，即是黃河流域，上自甘肅，下至山東十五個地域裡先民生態的真實寫照。當年的長江流域文化欠發達，叫「楚無詩」。

「男女有不得其所（不如意，不稱心）者，因相與歌詠，各言其傷」，「孟春之月，群居者將散（年過後，百姓們各種聚會結束，各行各業又開始忙碌了），行人（采詩官）振木鐸（一種響器，模樣類似大的撥浪鼓）徇於路，以采詩，獻之大師，比其音律（配上音樂），以聞於天子。故曰王者不窺牖戶（不走出門，指天子在宮中）而知天下。」（《漢書・食貨志》）

孔子在這些詩的基礎上編選出《詩經》，收錄三百零五首作品。孔子當年身在魯國，是怎麼拿到這些原始資料的呢？《春秋．公羊傳注疏》裡有一句話，「昔孔子受端門（國之正門，即周天子）之命，制《春秋》之義，使子夏等十四人求周史記，得百二十國（一百二十個諸侯國）寶書，九月經立。」這句話裡包含著多層信息，孔子受周天子詔命著《春秋》，派子夏等十四位弟子去搜集，得到一百二十個諸侯國的歷史資料，這些詩歌是作爲國史資料拿到手的。孔子著《春秋》之後，又捎帶著編輯出《詩經》，其中最重要的一個信息是，孔子不是以文學眼光編輯這部詩集的，而是以史家的態度，以醒世的眼光。

《尚書》，顧名思義，是高大上之書，集中國古代政治智慧大全。美國多位總統有自己的回憶錄，中國當代領袖也有自己的思想集，其中毛主席一個人有五本，叫「雄文五卷」。《尚書》收錄的是自堯舜到夏商周，兩千餘年間中國古代政治領袖，及政治大家（如周公）的治世言論和標誌性行爲，有些是史官記錄整理的，有些是當時的演講錄。《尚書》也是孔子在晚年刪定的，被視爲治世大典，是後世的皇太子即位後必讀的首要之書。

《詩經》和《尚書》作爲頭號思想禁書，遭秦火毀滅，尤其是《尚書》，至今仍存疑著「今文」與「古文」的真僞之爭。「五經」中，只有《易經》作爲卜筮之書逃過劫難。西元前二一三年和二〇六年的兩次火災，斷絕了中華文脈，浩瀚的中國大地上幾無文字，成爲了荒蠻之野。必須感謝漢代，感謝漢代初年的政治人物和文化大家所做的搶救性工作，我們今天見到的先秦諸子著作，有百分之九十以上都是經由他們復原的，「漢儒附會而得」。秦朝視《詩經》、《尚書》為國家妖孽，漢代汲取教訓，尊崇儒學，不僅把《五經》做為治國的指導思想，甚至是官員們的必讀書。漢武帝開始的「察舉制」，即後來的科舉制，是官員選拔制度，只有讀通了「五經」，再經過嚴格的考試，其中成績優秀的，才能取得國家公務員的上崗資格。

《漢書．藝文志》中，對漢朝幾代政府搶救整理典籍文獻的狀況有具體的記述，「漢興，改秦之敗，大收篇籍，廣開獻書之路。迄孝武（漢武帝）世，書缺簡脫，禮壞樂崩，聖上喟然而稱曰『朕甚閔（憫）焉！』於是建藏書之策，置寫書之官，下及諸子傳說（傳記、學說），皆充祕府（國家保存）。至成帝（漢成帝）時，以書頗散亡（不成體系，不具規模），使謁者（皇帝傳令官）陳農求遺書於天下。」「至元始（漢平帝年號）中，徵天下通小學（文字學、訓詁學）者以百數，各令記字於庭中。」「大凡書（終西漢一朝搶救整理出的書），六略三十八種，五百九十六家，萬三千二百六十九卷。」《漢書．儒林傳》對政府在文化上所做的「退耕還林」工作這樣評述：「自武帝立五經博士，開弟子員（辦官學），設科射策，勸以官祿（學而優則仕），訖於元始（漢平帝），百有餘年，傳業者浸盛，支（枝）葉蕃滋，一經說至百餘萬言，大師眾至千餘人，蓋祿利之路然也。」祿利之路，指的是政府以實際措施推動文化復興，百姓從讀書著書中可以得到實惠。

西元前二〇六年漢朝立國。漢高祖劉邦是成功登頂的草莽英雄，他骨子裡蔑視文化，愛爆粗口，最出格的事情之一，是把儒生的帽子當溺具。但他識時務，而且具備超凡的洞察力。漢代初年，他重用了兩位文化人，一位叫陸賈，楚國人，追隨他多年，深得器重。陸賈和劉邦在一起時，常常念叨《詩經》和《尚書》的重要。有一天，劉邦煩了，罵他，「老子是在馬背上得到的天下，和《詩經》、《尚書》有屁關係。」（乃公居馬上得之，安事《詩》《書》）。陸賈回稟，「馬背上取得天下，難道還在馬背上治天下？」（馬上得之，寧可以馬上治乎？）陸賈以吳王夫差和秦始皇失天下的慘痛史實直言上諫，劉邦被警醒了，讓他以國家得失爲核心撰寫秦國及之前朝代的史識文章奏上。（試為我著秦所以失天下，吾所以得之者，及古成敗之國。）陸賈由此著《新語》十二篇，每一篇均得到劉邦的高度重視。

另一位叫叔孫通，魯國薛縣人，今山東滕州。叔孫通背景複雜，是大儒，曾受詔爲秦朝博士，後降漢。最初並不被重視。第一次見劉邦時，因爲衣著儒生冠服，甚至遭到臭罵，退下去換了行套再行晉見。「通儒服，漢王憎之，乃變其服，服短衣，楚制（楚人款式），漢王喜。」（《漢書・酈陸朱劉叔孫傳》）

劉邦起於草莽，打天下的時候和手下稱兄道弟，不太講究上下級之間的規矩。登基做了皇帝之後，一些老部下，尤其是身邊的近臣，仍然不講禮數，酒後拍肩膀，甚至瞎胡鬧的醉態之事時有發生，劉邦為此深感頭疼。「群臣飲爭功，醉或妄呼，拔劍擊柱，上患之」。叔孫通上奏說，「大戶人家講究規矩，大國更應該重視規矩。上古的聖明君主，比如三皇五帝都有各自的禮儀，讓臣子的行為規範在制度的籠子裡。我是一介儒生，什麼也做不了，給您制定一套朝廷禮儀制度吧。」之後叔孫通奉旨組建了一個近百人的工作班子，以自己的三十位儒生弟子為基本，再挑選部分懂點文化的官員，在長安郊外，從起草制訂到實際操練，用了一個月的時間，一套秩序分明又簡易可行的朝禮儀程正式出臺。漢七年（西元前二〇〇年）長樂宮落成，舉辦十月朝會（漢初沿襲秦曆法，以冬十月為正月，十月朝會相當於新年大典），這套朝禮儀程得以首次實施，在司儀官的旗幟和號令引領下，諸侯及六百石以上官員（相當於司局級）依次入宮上殿，文武臣屬分列就班，依職序層級向皇帝賀朝，井然有序，蔚然大觀。朝會結束後，劉邦感慨著說，「我到今天才知道做皇帝的尊貴。」（吾乃今日知為皇帝之貴也）。叔孫通自此受重用，拜為奉常，即太常，是主管國家意識形態的重臣，位列九卿之首。漢九年（西元前一九八年）再拜為太子太傅，做太子劉盈的老師。劉盈即位漢惠帝之後，叔孫通得以進一步推行「把規矩挺在前面」的多項制度建設。劉邦從漢五年即位皇帝，到漢十二年去世，從西元前二〇二年到西元前一九五年，實際在位七年，他自己沒有文化，也反感儒生，但他開啓了重規矩、建制度的先河，爲終漢一朝尊崇儒學，構建禮儀之邦的文化生態夯實了基礎。

有一種史家看法，認爲漢代的文化復興受益於一個前提，就是劉邦去世早，僅享年六十一歲，如果再活個二、三十年，以他的粗鄙性格，不知道會把國家折騰成什麼模樣，這種觀點不太厚道，再說歷史也不允許假設。

《先前的風氣》這本書，基本上是我讀舊書的小體會，因爲讀書少，底子薄，視野淺，陋識和偏見如鼠之毛。感謝素芳總編和佩錦方家，是她們的厚愛和抬舉，才得以同臺灣讀者見面，寫這麼長的一個序言，還有一個意願，是想講清楚我寫《先前的風氣》的一點初心。

舊磚與新牆

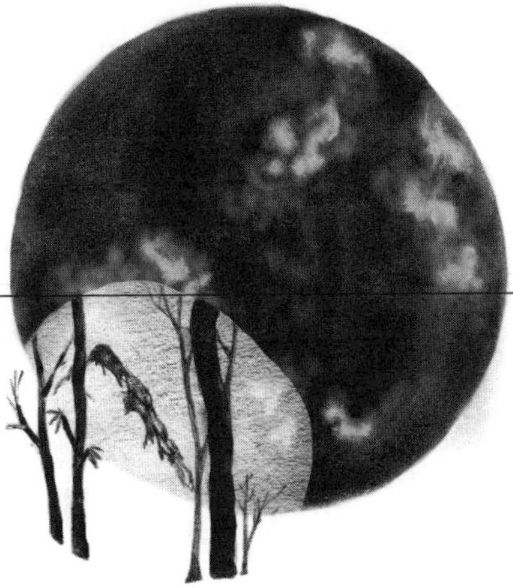

冬至這一天

我們中國人傳統的認識裡，一年開頭的第一天不是正月初一，而是冬至。這一天陽氣由地心開始上升，又稱一陽。「蛾眉亭上，今日交冬至。已報一陽生，更佳雪，因時呈瑞。」「冬至一陽初動，鼎爐光滿簾帷。五行造化太幽微，顛倒難窮妙理。」「新陽後，便占新歲，吉雲清穆。」「一氣先通關竅，萬物旋生頭角，誰合又誰開。」「子月風光雪後看，新陽一縷動長安。」「天時人事日相催，冬至陽生春又來。」「陰冰莫向河源塞，陽氣今從地底回。」「冬至子之半，天心無改移。一陽初動處，萬物未生時。」「一杯新歲酒，兩句故人詩。」古人的這些詩詞句子含著對冬至，以及天道人事的認知。冬至過後，小寒與大寒之間是二陽，三陽專指立春這一天，三陽開泰，指的是從十二月二十二日（前後）到二月四日（前後），陽氣上升運行四十五天浮出地表，潤澤萬物生長，普降吉瑞。中國古人對一年裡首日的定位，和西方的「元旦」相差約十天。這和東西方地理位置的差異有關，中國古人是站在黃河流域，確切的講是渭河流域，仰觀天象，俯察地理得到的結果。是不是比西方更科學不敢講，但這種認識是有充分科學依據的。

漢武帝頒行「太初曆」之前，古中國地大物博，使用過六種曆法，黃帝曆、顓頊曆、夏曆、殷曆、周曆和魯曆。「六曆」最大的區別是「歲首正月」設置的不同，其中僅有「夏曆」的正月與今天一致。「黃帝曆」、「周曆」、「魯曆」均是以「冬至」所在的月爲「正月」，即今天農曆的十一月。「殷曆」的正月是今天農曆的十二月，即「臘月」。秦朝大一統後，施行「顓頊曆」，「歲首正月」爲「冬至」前的一個月，即今天農曆十月，也不叫正月，稱「端月」。《史記》和《漢書》中，凡是涉及紀年，均以「十月」開始即是這個原因。

中國皇帝以年號紀年，始於漢武帝。太初元年（前一〇四年），漢武帝劉徹執政第三十七個年頭，改革曆法，廢「顓頊曆」，頒行「太初曆」，後世的多部曆法，均以此爲基礎而成。「太初曆」既守天體運行規律，同時兼顧農業生產的「物候」，動物的生育生長，植物的榮枯，以及二十四節氣的變化，因而中國的曆法也稱「農曆」。如正月有「立春」、「雨水」兩個節氣，「物候」是「東風解凍，蟄蟲始振，魚上冰，草木萌動」等，二月有「驚蟄」、「春分」兩個節氣，「物候」是「桃始華，玄鳥至（燕子），倉庚鳴（黃鸝），雷乃發聲，始電」等，三月有「清明」、「穀雨」兩個節氣，「物候」是「桐始華，萍始生，虹始見，戴勝降於桑」等。六月有「小暑」、「大暑」兩個節氣，「物候」是「溫風始至，腐草為螢，土潤溽暑，鷹乃學習，大雨時行」等。七月有「立秋」、「處暑」兩個節氣，「物候」是「涼風至，鷹乃祭鳥，白露降，寒蟬鳴，禾乃登」等。十月有「立冬」、「小雪」兩個節氣，「物候」是「水始冰，虹藏不見，地始凍，天氣上騰地氣下降，雉入大水為蜃」等。十一月有「大雪」、「冬至」兩個節氣，「物候」是「蚯蚓結，虎始交，麋角解（脫落），水泉動」等。

中國人自古以來重視天象與天道，起於對天地的敬畏，老百姓的口頭禪是「謝天謝地」。同時也還含著制約皇權的禪機，以「傷天害理」的理念限制皇帝的言行，這是中國早期的「民主特色」。「四時者，天之吏也；日月者，天之使也；星辰者，天之期（聚會）也；虹霓彗星者，天之忌（告誡）也。」（《淮南子．天文訓》）「人主（皇帝）之情，上通於天，故誅暴（苛政）則多飄風（風災及霧霾），枉法令則多蟲螟（蝗災），殺不辜則國赤地（大旱），令不收則多淫雨（水災）。」（同上）

中國古代曆法的底線是「應天時，受地利」，沒有「戰天鬥地，其樂無窮」，「敢叫日月換新天」這麼硬氣的意識，還有對「人定勝天」那句老話的解讀，不是「人有多大膽，地有多大產」的意思，而是人心和順，百姓康定是天大的事情，這也是早期的中國民主思維，以民爲本，以民比天。

黃羊解

黃羊是羊的少數民族。

黃羊是羚科，與綿羊山羊是遠親，生活習性差異大，但有三種基因相通著：一是跪乳，吃奶時小羊跪著；二是交配時公羊間的爭鬥不激烈，不把情敵置於死地，弟兄間不爲這檔子事弄得你死我活。競爭的方式也比較文明，點到爲止，類似於掰手腕確定出線權。鹿也是溫馴動物，但在發情季節，時而會見到「頭破血流滿臉花」的雄鹿，這番模樣的黃羊是見不到的。三是群而不黨，「不阿黨也」（《白虎通義．瑞贄》），黃羊群居，但不搞小團體，不拉幫結派，是貨真價實的民主社會。

羊是古代的祭品，是六牲之一，也是古人初次見面時的禮品。古人送禮是不亂來的，有嚴格的規矩，「天子用暢，公侯用玉，卿用羔，大夫用雁」（《春秋繁露．執贄》），暢通鬯，百草釀製的醇酒。玉是君子，有缺點不掩其瑕，有棱角不傷及人。大雁講究秩序，步調一致，飛成行，止成列。卿的禮物是羊，「羔有角而不任，設備而不用，類好仁者；執之不鳴，殺之不諦，類死義者；羔食於其母，必跪而受之，類知禮者。」（《春秋繁露．執贄》）羊腦袋上長著攻擊的設備，但不使用，近乎仁。被捉被殺時不鳴不哀，近乎義。吃母乳時跪著，近乎知大德。

禮是敬意，是規矩。送禮，是送去對規矩的敬意。我們今人在送禮上也是缺乏古人的範兒的，送金條，送姑娘，送房產，依古訓這是送惡。老話叫「送人一斗米是恩人，送人一石米是仇人」。

黃羊是動物健將，擅於長跑和跳遠，最高時速可達六十公里。跳遠功夫也出眾，一隻普通的黃羊，跳個六七米是尋常事。黃羊的這些本領是狼訓練出來的，狼吃羊，愛吃黃羊，但不是因爲肉質，狼是懂一點通俗社會學的，對有靠山的不敢輕易下手。牠知道，吃了牧人的羊，牧人不會放過牠。在草原上有個共識，有黃羊出沒的地方，其他的羊基本安全。

狼跑不過黃羊，但狼肯動腦子，吃智力飯。狼群向黃羊發動進攻一般選擇兩個時間段，一是吃飽了，再是睡足了。才吃飽的黃羊跑不遠，速度也提不起來。睡足後本該有精氣神的，但黃羊有個生活習慣，愛憋尿，尤其是冬天的夜裡，爲了禦寒，通常是好幾隻簇擁著，彼此依偎而眠。有經驗的老黃羊，半夜有尿了會即時方便，年輕些的，捨不得肚皮底下那點熱乎氣，這點小懶惰的後果是可怕的。拂曉時分，耐心守候了一夜的狼吹響了衝鋒號，黃羊驚恍著飛奔求生，但其中憋著尿的是逃不過狼眼睛的，這樣的黃羊會在疾速奔跑中尿囊崩裂而亡。

狼之惡在卑鄙，用心陰險下作，趁羊不備，趁羊虛弱，趁羊之危。孔子評價《詩經》的長處是「思無邪」，「溫柔敦厚，《詩》教也」。狼的心思全在邪路上，但狼的這些手段，對更智慧的人而言，充其量不過小伎倆而已。

師和傅

傅的本意是打基礎的老師。《禮記》裡的規則是，「人生十年曰幼，學」，「十年出就外傅，居宿於外，學書記」。一個人長到十歲，要送到老師家裡念書，且是寄宿制。現在的小學生入學是七歲，以前也有早的，董其昌寫袁禮卿（明朝兵部尚書）「七歲就外傅，受《毛師》，又《禮記》」。還有較晚的，袁枚《子不語》是志怪小說集，功力不在蒲松齡之下，但更玄乎。其中寫一個寡婦兒子，因家境不順暢，才「子年十五，就學外傅」。師在傅之上，不僅授知識，還明事輔人，是一輩子要敬的，師徒如父子。國師，是皇帝的參謀長。以前講究的人家，屋裡都設祭「天地君親師」的牌位，這個師指孔子，孔子是萬代師表。師還是軍隊編制，護家衛國，「五人為伍，五伍為兩，四兩為卒，五卒為旅，五旅為師」（《禮記》）。師和傅都屬重量級，三公有太師太傅，九卿有少師少傅。

《禮記》是一本講規矩的書，講中國人該怎麼樣守規矩。人與天地神明的規矩（日月星辰，五行交錯與四季輪回，以及諸神即位的奉祭），人與社會的規矩（君臣秩序，四方綱紀，典章法度），人與人的規矩（生老病死，婚喪嫁娶，家事國事天下事），規矩明細了叫禮數，其間的禮數都是很具體的。社會規矩的總合叫禮，禮是中國人的宗教，老話稱「以禮入教」。因為禮的因循存在，社會秩序才澄明，教化有致。送禮這個詞，指的是送去規矩。送禮不是亂送的，也不是多多益善，更不宜亂收，鄉間有一句土話，「送人一斗米是恩人，送人一石米是仇人」。現實版的例子是，陝西一位領導，收了為數可觀的名手錶，由表哥而表叔，大麻煩就出來了。

上個世紀初，有一句口號叫「打倒孔家店」，把孔子牌位給砸了，把舊禮數也砸了一些，但下手幹這些事的，多數是懂其中規矩的人，因此出手還講究點分寸，失手是失手了，但還不算太狠。上世紀六七十年代，有兩句口號，「破四舊」和「批林批孔」。把林彪和孔子放一個筐裡批判，真夠創新的，成了劃時代的笑話。四舊是「舊思想，舊文化，舊風俗，舊習慣」。破四舊是文化大革命，那場革命是徹底的，把該砸的不該砸的，全部打翻在地砸爛，還踏上無數隻腳。我好瞎琢磨，淨想些扯不著的，比如有三個小問題：一九七九年之後，我們用三十多年時間實現了經濟大進步，但這些年，中國人傳統行為裡善良醇厚的那些東西隨風消逝了多少呢。如今中國是世界經濟的老二，但中國人行為方式的聲譽也排在老二的位置嗎。鄉下人蓋房子，重視打地基的。舊秩序被砸爛之後，用「學雷鋒」、「五講四美三熱愛」這番略有簡陋之嫌的新道德，能支撐得住廣廈千萬間嗎。

《禮記》這本書，我挺愛看的，上邊這堆話，是我邊看邊隨手記的東西。

致中和

真正的和，是心物不分，渾然一元。

和是中庸之道。「喜怒哀樂之未發謂之中，發而皆中節謂之和」。和不是一古腦的和和氣氣，不是引而不發，而是「發而皆中節」。中節，應當什麼就是什麼，喜則喜，怒則怒，爲所欲爲。但這個爲所欲爲是道之上的所作所爲。舊朝代裡的一些昏君昏官，連做人的基本道理也不去弄懂，那種爲所欲爲，是下三濫，是胡作非爲。這類行徑，新時代裡有沒有我不敢亂說。

「和者大同於物」，和，已經跨越了標新立異那種階段，不求神通或通神，而是把心念空掉，忘知守本。一個人到了真正的高境界，就如常守常了。

和，守著天地法則，守大規律。

今年冬天，在最冷的時候，我在呼倫貝爾草原上住了五天。那裡的冷是純粹的，是實實在在的。晚上氣溫在負四十度以下，屋內屋外的溫差六十度以上。人走出屋子，幾分鐘之後，黑眉毛就變成了兩抹白霜。呼倫貝爾草原一年中有兩個主色調，草色和雪色，每年晚春時節，往往是雪沒有融乾淨的時候，草就青青地長出來了。草一黃，雪又鋪天蓋地下來了。冬天的呼倫貝爾銀裝素裹，天地寂寥，一望再望三望仍無涯。那裡沒有雪花，雪在半空中就凍成了細小顆粒，這應該是天意，落在地上不易板結，馬羊牛可以輕鬆地蹚開雪找草填飽肚子。

牧戶在雪原上是照常放牧的。我這次到了一個牧戶家裡，方圓幾十公里，只此這麼一家。大概有三四百隻羊，二十多匹馬，還有一些牛。我此行最大的收穫是知道了草原上的動物們在冬天裡是怎樣生活的。放牧的時候，馬走在最前頭，長腿蹚開厚厚的積雪搜吃草尖，馬品性高雅，只吃草尖。羊群相跟著來了，甩開小腿腳踢踢騰騰著吃草的中部。打掃戰場的是牛，牛倔，但老實，剩下什麼吃什麼。牛不會蹚雪，沒有馬羊開雪路，會餓死的。天意，比科學更科學，馬牛羊在冬天的草原上，就這麼和諧著過日子。我們老祖宗說得真好——和爲貴，「致中和，天地位焉，萬物育焉」。

哈佛大學政治學教授亨廷頓讓自己成爲著名人物的理論是「文明衝突說」，基本觀點是，「不同文明之間的衝突不僅持久，而且難以調和。」這種世界觀的危險之處，在於使強盜邏輯成爲一種正常存在，也爲美國人在中東國家中不斷動粗耍橫，以及重返亞洲滋生事端找到了理論依據。

敬禮

禮是規矩。敬禮，是對規矩有誠心，生敬意。

普通人遵守規矩是一個人的大事，君王守規矩是一個國家的大事。《禮記》和《左傳‧昭公九年》裡均記載了一件勸諫君王守規矩的舊事，《左傳》是史書，只扼要記事，不陳情。《禮記》裡的描寫則鮮活生動。

這件舊事涉及五個人，晉平公，晉國之君。荀盈，晉國老臣。師曠，晉大夫，大音樂家，盲人。如今的音樂，用於娛情娛樂的多了，在古代，主要應用於國體國儀，諸如祭祀，軍隊出征，田獵等（天子，諸侯一年田獵三次，具體名稱叫春搜，秋獮，冬狩，夏季是農忙期，停止田獵。「無事而不田，曰不敬，田不以禮，曰暴天物。」）以前的樂官，是重臣。李調，近侍，相當於晉平公辦公室主任。杜蕢，晉平公的廚師長。

老臣荀盈去世了，尚沒有下葬。晉平公在寢宮飲酒，師曠，李調侍坐，且擊鐘奏樂。杜蕢聽到鐘樂聲，疾步跑進寢宮，「歷階而升」，一步兩個臺階。進殿後，先斟滿一杯酒，請師曠飲，又斟一杯酒請李調飲，第三杯斟滿，自己坐正身子，面向北一飲而盡。三杯酒之後，起身向外走。

晉平公叫住杜蕢，說，「我看出來了，你剛才的行爲，寓意是開導我的。你爲什麼讓師曠喝酒？」「子日卯日是商紂和夏桀的忌日，君王在這兩天要警醒自己，是不能飲酒取樂的。國之重臣居喪未葬的特殊時候，比這兩個日子更重要。這些老規矩師曠大人是知道的，因此我罰他一杯酒。」

「你讓李調飲酒的原因呢？」

「李調大人是您的近臣，您的『一飲一食』，都不該『忘君之疾』。」

「你自己又爲何飲呢？」

「我只是個廚子，越職勸諫君王，干涉國家大政，我該自罰。」

晉平公說，「我也有過錯，給我斟滿一杯酒。」杜蕢把酒杯洗了，斟滿一杯，高高舉起獻上。晉平公飲畢，對左右說，「即使我死了，也要把這個酒杯保存好。」這就是杜舉揚觶典故的由來。

晉平公被譽爲明君，功在長於納諫，用老百姓的話說叫「吃勸」。還有兩個名典故，都跟師曠有關，一是「秉燭之明」。晉平公問師曠，「吾年七十，欲學，恐已暮矣。」師曠回答，「少而好學，如日出之陽，壯而好學，如日中之光，老而好學，如秉燭之明。」另一個頗具戲劇性，一天，晉平公宴請群臣，估計喝高了，便口無遮攔著感嘆，「當君王好呀，他的話沒有人敢違抗。」話音才落，師曠抄起案上的琴就飛砸過去，晉平公一閃身，琴撞在牆上爛了。晉平公問，「太師，你要砸誰？」「剛才有小人在我邊上胡扯。」「是我呀。」「那這種話不該是人君說的。」左右要治師曠犯上之罪，晉平公當即制止，並且說，「我今後要以此為戒。」

中國以前自詡為「禮儀之邦」，這話沒錯，因為規矩具體，禮數清晰。後來對禮失敬，諸多規矩被當成「四舊」砸個稀巴爛，大的規矩失於朝野，擺不上檯面的潛規則就冒出來了。再這麼說，就有點自炒之嫌了。

靜雅

靜和雅這兩個字，要認識它們的本來面目。

「歸根曰靜」，是老子的話，他還說，「致虛極，守靜篤」。根是生命之本，也是動力之源，怎麼去守？樹根在下邊，在厚土裡。百年大樹是怎麼守它的根的？人的根不是腳，腳是工具。小孩子才生下來，腿腳是翹著的，接下來重要的事情，是學會使用這個工具，邁出人生的第一步，之後再腳踏實地的走完茫茫人生路。生殖器叫塵根，也是工具。人的根在上邊，在腦子裡。叫「精神」的那種東西。中藥裡有「六神丸」，含義是人的心肺肝腎脾膽各有命官。人拿不定主意，手足無所措的狀態，叫六神無主。指的是六神均在，但缺乏一個定乾坤的統帥。人的精神是統帥一切的，但精神是虛的，「致虛極」，具體化之後，俗稱思想。

孟子給「精神」是這麼定義的：「可欲之謂善，有諸己之謂信，充實之謂美，充實而有光輝之謂大，大而化之之謂聖，聖而不可知之之謂神。」

靜不是傻待著，不是什麼都不幹。靜裡有內涵，有指向，也有目的。

雞孵卵是一種靜，虎舔犢是一種靜，火箭發射前的倒計時刻，還是一種靜。大山是靜的，山上有樹，山裡有人家，山下有礦藏。深海是靜的，但波濤是在深層次裡洶湧著，海邊的淺灘才浪花飛濺。一個和尚在廟裡靜坐，是修行，修正自己的所思所行。學生在廣場集體靜坐，是身處一隅，憂心天下。

辛棄疾有一句詩，說透了靜的態度，「須知忘世真容易，欲世相忘卻大難」。一個人回避社會，躲進小樓成一統，是容易的。當社會把一個人當回事了，這個人仍不把自己當回事，心就大靜了。

雅，不是幹面子活的意思。正大為雅，在古代，雅是朝廷術語，雅言是官話，相當於今天的普通話。雅樂是君王舉行大典時的音樂。雅量是大的酒具，雅興是難自控的情懷。《詩經》分風雅頌，雅一百零五篇，分「大雅」和「小雅」。「大雅」裡多數是政治抒情詩，針砭時政，感世傷時。「小雅」裡多為普通人的實際遭遇，「鸛鳴于垤，婦嘆于室。自我不見，于今三年」，「行道遲遲，載渴載饑，我心傷悲，莫知我哀」。

雅也指標準。《爾雅》是中國第一部詞典，收錄詞語四千三百多個，不僅釋詞，還釋事物。「木謂之華，草謂之榮，不榮而實者謂之秀，榮而不實者謂之英，」是釋草，「水注川曰溪，注溪曰谷，注谷曰溝，注溝曰澮，注澮曰瀆。」是釋水。《爾雅》是大典，是十三經之一。雅從「牙」從「佳」，是咬文嚼字，爾通邇，爾雅的意思是走近標準。雲裡霧裡那一套不是雅，不食人間煙火更不是雅。雅這個詞，讓雅俗共賞和溫文爾雅兩個成語弄單薄了。

靜和雅這沉甸甸的兩個字，在現代生活裡，都被瘦身了。

標準和榜樣

標，從木，指一棵樹在遠處也能清楚看見的部分，本意是樹梢或樹冠。樹梢衍指表面化，中醫說的「治標不治本」，取的是這一層內容。樹冠引意爲目標，標識，還有靶子。顯眼了就是榜樣，但過於顯眼了，就成了眾矢之的。據此又演變生發出一堆詞，路標，商標，標語，標題，標兵，標價，投標，中標。自我表彰叫標榜，友誼賽之外的叫錦標賽。

「準」是準的舊寫法。隼是獵鷹，是鳥的領袖。「冫」表示冰凍和凝結。準的原意是目標鎖定。《說文》是這麼釋義的，「準，平也」，「水平謂之準」。這是俗話「一碗水端平」的由來。準是動態的。鷹鎖定了獵物，但獵物是活的；水平面也不是靜止的。准（準）有已完成和待完成兩層含義。以前的皇帝一言九鼎，惜字如金，對大臣的奏摺滿意了，在摺子的眉角處批復一個准字，這是准奏一詞的起源。准生證，准將，時刻準備著，這些都是未果的詞，重要的東西正處在醞釀啓動之中。

標準是兼容型的，但制式化。如果把標準比做服裝店，裡邊擺放的都是制服和工裝。在那裡邊，個性是被剔除的。在標準的內部，除了制度，條陳，原則，法規，以及規範之外，還有帶頭人。這個帶頭人也沒有個性，叫榜樣。榜樣的力量是無窮的，但產生的副作用也不可小覷。「楚王愛細腰，宮人多餓死」、「紂為長夜之飲，通國之人皆失日」、「東施效顰」這三個老話題不必多說。再比如學模範這件事，有學得好的，有學得不太好的，還有裝樣子學的。標準一旦出籠了，或出臺了，就成了指南，但也可能成爲藉口和工具。羅素從另外的視角看這個問題：「事實上，我們有兩種道德並行，一種是我們倡導的但並不去實行。另一種是我們日常實行的卻很少去倡導。」老子反對給人的行爲設定標準，他有兩句著名的話。「不尚賢，使民不爭；不貴難得之貨，使民不為盜；不見可欲，使民心不亂。」「大道廢，有仁義；智慧出，有大偽；六親不和，有孝慈；國家昏亂，有忠臣。」

忠臣孝子是高聳的榜樣，但也含著另一層潛臺詞。一個人成爲孝子，他父母的健康是失常的，再如果這個人不是獨生子，那麼其他兄妹的行爲是該檢點的。亂世見忠臣，這是老話。忠臣浮出了水面，要麼是國家局面出亂子了，要麼是皇帝個人遇到麻煩了。

老子生活在春秋向戰國的過渡時期，屬轉型時代。社會轉型時期，人心是浮躁紛雜的，也是短視的。「春秋二百四十年之中，弒君三十六，亡國五十二，細惡不絕之所致也。」（董仲舒《春秋繁露》）。「細惡」不是大惡，是小惡。小惡都是短視惹的禍。「細惡」不斷積累，滴水戳穿了石頭。老子的價值觀，是在這樣的社會氣氛下形成的。他還有一段話，既形象也高遠：「有無相生，難易相成，長短相較，高下相傾，音聲相知，前後相隨。」如果以這樣的思路去理解標準和榜樣，許多僵硬的東西就生動鮮活起來了。

清談和清議

清議始自魏晉，是用官制度，是早期的「民選」。「以品評升降人才，再由吏部錄用」。

「鄉論清議」不同於今天的民意測評，不是形式層面的，是一項硬指標，是對一個人爲官的公論，乃至是定論。孝武帝司馬曜即位那一年（三七四年）大赦，詔書明確規定，「犯鄉論清議，髒汙淫盜」者不在赦免行列。清議的核心內容爲「孝行，仁恕、義斷」，只拘囿於儒家的倫理道德，有些窄，講德政，不講才政。孝行居首要，元帝大赦條文裡還特別申明，「**其殺祖父母父母，及劉聰石勒，不從此令。**」劉聰和石勒是北方少數民族的首腦，劉聰是十六國後漢開創人物，石勒是十六國的後趙皇帝。孝行與民族矛盾等位對待，孝行是做人的基礎，卻上升成了蓋頭，成了國家大事。曹操殺孔融，藉的罪名也是不孝。《三國志》的作者陳壽「兩遭清議，以致終身坎坷」。具體原因是，「父喪中有疾，使婢女製丸藥……葬母於洛陽，未歸葬於蜀」。魯迅提到過一個細節，「魏晉時，對於父母禮是很繁多的，比方想去見一個人，在未訪前，必先打聽他父母及其祖父母的名字，以便避諱，否則，嘴上一說出這個字音，假如他的父母是死了的，主人便會大哭起來——他記得父母了——給你一個大大的沒趣」。東晉末南朝初，事實上清議已名存實亡。「倚靠王權，王權支持並可左右清議」。西晉名臣傅玄給晉武帝的一份上疏中，評點的是魏朝事，卻也預言了清議的結局，「其後綱維不攝，而虛無放誕論盈於朝野，使天下無復清議」。

清議這一政策好，可惜過於片面和高調。歷史上亂而無序的朝代，都是政策差勁，或政策走了板或失了形。

清談也說成談玄，興起於魏正始年間，是當年的時尚世風，相當於今天的「侃大山」。清談並不是亂談，核心話題圍繞著三本書：《易》、《老子》、《莊子》，不涉時務，屏棄俗事。有無，生死，動靜，以及天倫，物理，名教，自然。天高地遠，不著邊際。能清談，並且有閒工夫清談的都是名士，談吐閒雅，談姿卻不拘也不雅，徹夜談，嗑藥談，酒後談，裸談，捫虱談，這些均在美談之屬，是名士派頭。有一點須強調說明，清談代表著當時的學術水準，也烘托著那一時期的文風。

文風的土壤是政治氣候。自曹操開始的「尚刑名」，文治峻嚴，撥亂發正得有些過頭。鄉論清議又是一座窄橋，很多人過不去。「功名不可為，忠義我所安」，一塊大石頭在田野裡，碰巧石頭下邊有一顆樹種子，是種子就會發芽，但才出地面，迎面就是石頭，樹苗就頑強地貼著石頭的一側長起來了。黃山的迎客松如果長在平地上，或河邊，而不是長在山腰子處，肯定也不是那副模樣。

讀文件

讀文件我在行。單位裡開會，有念文件的事，我都去爭取。因爲我定力不太夠，聽別人念，我坐不住，有時候還犯睏。讓我爭取到嘴的，不管重要不重要，我一概很認真地對待，再冗長乏味的文字，中間不喝水，不清嗓子，也沒差著行念過。單位裡念文件這種學習方法，據說是從戰爭年代保存至今的，是當代傳統。當年部隊裡官與兵識字的不太多，上級有重要的文件發下來，找讀過書的人念一遍，大概意思就清楚了，之後再組織一兩次討論，目的是把文件的要點記住。習慣都是養成的，這話說的一點不錯。

文件是公文，是給公衆看的。私人看的叫信件，一個人寫信，怎麼寫都可以，鬼畫符也行。只要讀信的人願意看，並且能看明白。公文是講規矩的，只是這規矩是斷代的，不沿襲，不傳承。一朝天子一朝臣，一個朝代有一個朝代公文的寫法，甚至在一個朝代裡，因爲皇帝換了，公文的寫法差異也挺大。公文不是小事情，一個時代裡，老百姓怎麼過日子，是民風的基礎。公文寫成什麼樣子，是文風的「發源地」。用時尚的詞說，民風是通俗文化，文風是高雅文化。民風與文風糅合起來，新鮮的時候叫時代氣息，過一百年之後，水落石出，就叫時代烙印。

看一個朝代的文風，是樸實的，還是浮誇虛飾的。看看當時的奏章、聖旨、律條、訟狀，以及史官的文字，基本上可以看出梗概。誇一個作家，最了不起的「授獎辭」，是說他「得風氣之先」，或「開一代文風」，意思是說他和這個時代的文風不太一致。

最早的公文是甲骨文，也是筆法最簡練的公文，是真正的「寓繁於簡」，那種簡練，那種高濃縮的文字是迫不得已，因爲要刻在龜背和獸骨上，受「硬件」限制。那時候「卜辭」也是公文一種，巫師是精神領袖，是宮廷文官。卜辭是深奧難懂的，是天書，國君也讀不懂。「卜辭」頭上的那一層霧水，是巫師的飯碗，人人一眼望穿的話，巫師就沒飯吃了。

秦朝的文風雜蕪，也可以叫風格多樣化，那種不成形和不定形，源於那一時期文化的重頭工作是統一文字。漢代的文風是了不起的，尚儒，又樸實大氣。「漢興之初，反秦之敝，與民休息，凡事簡易，禁罔疏闊。」《史記》和《漢書》是漢代文風的代表，均是天賜的大手筆。《史記》就不用說了，《漢書》開卷第一篇第一段就很有那麼一點「浪漫主義」：「高祖，沛豐邑中陽里人也，姓劉氏。母媼嘗息大澤之陂，夢與神遇。是時雷電晦冥，父太公往視，則見交龍於上。已而有娠，遂產高祖。」（高帝紀第一上）班固老爺子不服真不行，確實不同凡響。寫劉邦媽媽的外遇與神交，是他爸爸親眼見的。真正的春秋筆法，證據「確鑿」，有誰膽敢不相信，請去問問高祖的爸爸。

魏晉重文采，講形式與手藝，公文多是「才情並茂」的。到了唐朝，「文起八代之衰」，倡導古文的樸實之美，去魏晉的駢儷氣，「文采不宜傷敘事」。元代重視祭祀，這類文字留下來的多，讀著開闊也傳神。領導人重視什麼，一個時期就風行什麼。元代「曲」盛，曲高但和者不寡。元代的國家特徵是打天下，不在治天下，有浪漫的精神氣質。遙想當年各級大汗們開疆拓土，威風馬上。將士們也要有業餘生活的，蒙族人於歌舞是內行，軍民聯誼，「曲」的基礎是牢靠的。

清朝的文化貢獻多，劣的貢獻是文字獄，好的貢獻是《康熙字典》和《四庫全書》。編出好字典的朝代是大朝代。《康熙字典》一七一一年開編，一七一六年成書，收漢字四萬七千零三十五個，主持人是張玉書、陳廷敬。《四庫全書》從乾隆三十八年（一七七三）二月正式編修，歷時二十年，一七九三年收工，是中國歷史上最大的「文化工程」，收書三千五百零三種，七萬九千三百零九卷，近十億字。由紀曉嵐、陸錫熊、孫士毅爲總纂官。《康熙字典》和《四庫全書》是集大成，是兩座大倉庫，一是字庫，一是文庫，至今仍是文化上的驕傲，「康乾盛世」不是空口說著玩的。元代與清代都是少數民族主持國家政體，蒙古族治元朝，滿族和蒙古族合營治清朝。清代存在的時期長，對文化的高度重視恐怕是原因之一。十多年前，我曾有過一次難得的機會，「藉機」翻閱過一個月的清代婚姻刑案的卷宗。用現代的觀點去看，有些結論多守舊禮而違天理，有些還特滑稽。但文筆謹嚴，案件的敘述簡約清晰，一宗案子，幾百個字就交代清楚了。我們如今的公文實在不好意思去恭維，套話、虛話、空洞的話蔚然風行。我曾朗讀過一個「植樹」的文件，文件核心講的是爲什麼植樹，植樹的意義，環保，以及做人的情操修養，青年人的成長，貫徹精神等內容，高屋建瓴，上綱上線。但要把樹種活的字卻是一個也沒有。

古文今譯也是如今太糟糕的文風一種。這種事我們也做，臺灣那邊也做，但嚴謹去做的太過寥寥。一句古文幾個字，卻「譯」出幾十個字。《四庫全書》要這麼譯一傢伙，我們就實打實進入了「知識爆炸」的時代。

現在看文革時期的報紙和文件，直覺是可笑的地方多。一個人活到可笑的地步是悲哀的，一個時期的文風如果讓人可笑，是更大的悲哀。不知道再過一百年，後人怎麼評看我們這一時期的公文。

大實話

紀曉嵐的《閱微草堂筆記》是寫身邊事眼前事的，但小題大作，片羽吉光，一羽飛鴻，且心寬眼亮，筆法也自成一格。選兩則札記，一爲官場風氣一種，再是兄弟失和。

有舊家子夜行深山中，迷不得路。望一岩洞，聊投憩息，則前輩某公在焉。懼不敢進，然某公招邀甚切。度無他害，姑前拜謁。寒溫勞苦如平生，略問家事，共相悲慨。因問：「公佳城在某所，何獨遊至此？」某公喟然曰：「我在世無過失。然讀書第隨人作計，為官第循分供職，亦無所樹立。不意葬數年後，墓前忽見一巨碑，螭額篆文，是我官階姓字。碑文所述，則我皆不知；其中略有影響者，又都過實。我一生樸拙，意已不安。加以遊人過讀，時有譏評；鬼物聚觀，更多姍笑。我不耐其聒，因避居於此。惟歲時祭掃，到彼一視子孫耳。」士人曲相寬慰曰：「仁人孝子，非此不足以榮親。蔡中郎（蔡邕）不免愧詞，韓吏部（韓愈）亦嘗諛墓。古多此例，公亦何必介懷？」某公正色曰：「是非之公，人心具在。人即可誑，自問已慚。況公論具存，誑亦何益？榮親當在顯揚，何必以虛詞招謗乎？不謂後起勝流，所見皆如是也。」拂衣竟起，士人惘惘而歸。

有陳至剛者，其婦死，遺二子一女。歲餘，至剛又死。田數畝、屋數間，俱為兄嫂收去。聲言以養其子女，而實虐遇之。俄而屋後夜夜聞鬼哭，鄰人久不平，心知至剛魂也，登屋呼曰：「何不祟爾兄，哭何益？」魂卻退之數丈外，嗚咽應曰：「至親者兄弟，情不忍祟。父之下，兄為尊矣，禮亦不敢祟。吾乞哀而已。」兄聞之感動，詈其嫂曰：「爾使我不得為人也！」亦登屋呼曰：「非我也，嫂也。」魂又嗚咽曰：「嫂者兄之妻，兄不可祟，嫂豈可祟也！」嫂愧不敢出。自後善視其子女，鬼亦不復哭矣。使遭兄弟之變者，盡如是鬼，寧有鬩牆之釁乎？

紀曉嵐冷眼看世事，但心是熱的。文風也樸實，筆下全是老百姓的大實話，不扭捏文人腔，不高瞻遠矚的提升境界，更不乾隆爺長乾隆爺短的。一個文章，百年之後再讀，仍然新鮮，仍不過時，就應了那句俗話，文章千古事。

神話與鬼話

神話與鬼話，都是人說的。抄幾個老段子，語出袁枚《子不語》。

秦中太白山神最靈。山頂有三池：曰大太白、中太白、三太白。木葉草泥偶落池中，則群鳥銜去，土人號曰「淨池鳥」。

有木匠某墜池中，見黃衣人引至一殿，殿中有王者，科頭朱履，鬚髮蒼然，顧匠者笑曰：「知爾藝巧，相煩作一亭，故召汝來。」匠遂居水府。三年功成，王賞三千金，許其歸。匠者嫌金重難帶，辭之而出，見府中多小犬，毛作金絲色，向王乞取。王不許，匠者偷抱一犬於懷辭出。路上開懷視之，一小金龍騰空飛去，爪傷匠者之手，終身廢棄。歸家後，忽一日雷雨下冰雹皆化為金，稱之，得三千兩。

李相公光地未貴時，祈夢於九龍灘廟。神贈詩一聯云：「富貴無心想，功名兩不成。」李意頗惡之。後中戊戌科進士，為宰相，方知「戊戌」兩字皆似「成」字而非「成」字，「想」字去「心」恰成「相」字。

蕪湖張姓者，賣腐為業，其妻孕十四月，生一麒麟，圓手方足，背青腹黃，通身翠毛如繡，左右臂有鱗甲，金光閃閃。墜地能走，餵飯能食，好事者以為祥瑞，方欲報官，而是晚死矣，距生時只七日。

紹興鄭時若秀才妻衛氏，生一夜叉，通體藍色，口豁向上，環眼縮鼻，尖嘴紅髮，雞距駱蹄，落胎即咬，咬傷收生婆手指。秀才大懼，持刀殺之。夜叉作格鬥狀。良久乃斃，血色皆青。其母亦驚死。

山東于七之亂，人死者多。平定後，田中黃豆生形如人面，老少男婦，好醜不一，而耳目口鼻俱全，自頸以下皆有血影，土人呼為「人面豆」。

隱仙庵有狐祟人，庵中老僕王某，惡而罵之。夜臥於床，燈下見一女子冉冉來，抱之親嘴。王不甚拒，乃變為短黑鬍子，胡尖如針，王不勝痛，大喊。狐笑而去。次日，僕滿嘴生細眼，若蝟刺者然。

帶些人味的神話與鬼話，縱然不足信，但給人警醒，也可以填閒做下酒菜。沒有人味的神和鬼，讓人敬而遠之。如今去大街上，世面上走走看看，這類生物真是不少吶。

活力源

三陽開泰，具體指的是立春這一天。

泰是安定平和的大境界，《易經》第十一卦是「泰卦」，象爲陰上陽下，辭爲「小往大來」，寓意掙脫束縛和困境，呈現盎然生機的面貌。「突破『器』的僵化，達到生的活躍」。

按舊曆的計算方法，一陽從一年的冬至那天開始，陽氣由地心向地面升發，《易經》裡是這麼講的，「冬至之日，陽氣初九，為天地心。萬物所始，吉凶之先，故曰『見天地心』」。後人還有相應詩句，「一陽初動處，萬物未生時」，「今日交冬至，已報一陽生」。二陽在小寒與大寒之間，處在中途半端階段。到了立春，每年二月四日前後，陽氣歷經一個半月的緩緩行程，終於突破地表，重覆大地。

我們中國地大物博，以前的舊曆有六種，黃帝曆、顓頊曆、夏曆、殷曆、周曆、魯曆，用的多的是夏、殷、周三曆。這三種曆法最大的區別在歲首的設置。周曆以冬至所在的月（今天農曆十一月）爲一年的開始，以一陽初動紀元。殷曆的正月是今天農曆的臘月。臘是祭名，這一個月裡，有太多的天地神明要供祭。夏曆的歲首即是我們今天的正月。讀古書的時候，涉及到月份，用今天的習慣經常會遇到不可解之處，其中的原因不是古今氣候變化大，而是著作者依據的曆法有異，典型的是《詩經》，〈七月〉那首民謠，是夏曆和周曆並用的。〈正月〉那首詩，依據的是顓頊曆，正月不是今天的一月，是四月。

秦國乃至秦朝做了三件了不起的文化工作。一是統一度量衡，「車同軌」。再是統一文字的書寫，「書同文」。三是統一曆法。秦朝立國頒行「顓頊曆」，每年的歲首是冬至前的一個月，即農曆十月。一年之首也不叫正月，叫端月。漢初仍襲秦制，到漢武帝時候，頒行「太初曆」，把歲首確定爲農曆一月。現行的曆法是經由多個朝代逐步完善而成的。這三件工作的了不起之處在于樹立了國家標準，泱泱大國，沒有自己的標準是真正可怕的。現如今國運昌達，經濟上是世界老二了，但這個排名標準是人家的，不止于此，金融、環境、教育，乃至文學，太多的行當標準都在聽命于人，這真是值得思量再思量的事。

秦始皇焚書坑儒的初衷是「行同倫」，這件事他幹得極差勁。不僅專政，而且專制。《禮記》裡講的「車同軌，書同文，行同倫」，大秦把兩件事辦好了，一件事弄砸了。再說了，「行同倫」，不是統一人們的思想意識，而是人們的行爲要因循一個大的標準。意識那種東西能統一麼?紙縱然包住水火也包不長久。今年春節七天假，兵馬俑內外一如既往人頭如織如梭，門票收入極爲可觀，始皇帝給陝西後人預留了一個厚實的活期存摺呢。

坊間言

坊間言是口碑。既然是口碑，自然就沒有固定的屹立之處，如野草一樣由風招展。

清朝的皇上裡邊，雍正爺的坊間言最盛最熾，篡取上位，濫殺兄弟，刑賞無序，喜怒無由，負面的占多數。依著這些言傳，他不僅不是一個好帝王，連個好人也算不上。但雍正是有改革功心的皇帝，有奉守規則的一面，也有破法立法的一面，挺了不起的。抄幾個有趣的小細節，給讀者散散心。

他每天的膳食極簡單，進什麼吃什麼，是倡導「光盤」的皇帝，「飯顆餅屑，未嘗棄置纖毫」，和臣工們散步時，「從不以足履其頭影，亦從不踐踏蟲蟻」。

重臣朱高安晚年政心淡了，幾次具折稱病奏退。雍正讓內閣傳口諭，「爾病如不可醫，朕何忍留；如尚可醫，爾亦何忍言去。」朱高安「從此不復有退志」。

內閣有一位老勤雜，收管文書的，姓藍，浙江人。雍正六年除夕，同事都已回家，他一人在京，家眷在鄉下。過年了，一人對月自酌。「忽來一丈夫，袍服麗都，狀甚豐偉，藍疑為內庭值宿官，舉杯相招，其人欣然就坐。」兩人邊喝邊聊，老藍人實在，問什麼都實話實說。當被問到最大的理想是什麼，他說，「若運好，得選廣東河泊所，則大樂矣。」又補充說「其近海，舟楫往來，饋贈多耳。」第二天早朝，雍正問大臣，廣東有河泊所這樣的職位嗎？答有。曰「可特授內閣藍某補授。」大臣們「不知藍某為何人，共相疑怪」。這是雍正節假日微服私訪中央後勤機關的例子。

雍正最大的政德是破除滿漢之見，重用漢臣，講民族團結，爲清朝以後的穩定繁榮開了個好頭。雍正也講形式主義，當年的公檢法部門，刑訊逼供是辦案的常態，他手書「忠誠敬直勤慎廉明」八字方針，著各府衙木牓在堂上。模樣大致和今天中國派出所正門牆上的「坦白從寬，抗拒從嚴」差不多。他這道手諭不太靈，雍正年間執法部門營私舞弊弄虛造假致冤致屈的事屢見不鮮。雍正爺愛聽好聽的話，喜歡被下級表揚，對反對意見持勢不兩立態度。但他萬歲之後，各色不好聽的坊間言就一塊兒爆發了。

我抄來的這幾個細節，也在坊間言之列，因爲不是取自正史。正史，是一個國家的嚴謹歷史，按道理說，並不承擔政府形象美容師的工作。但有些朝代，史和志就兼職做化妝。在正史不可信不可取的時候，以坊間言爲基礎的野史才受人愛戴。

身體裡的風氣

身體器官的服務員

大腦是受身體器官支配的。

餓了，要吃。渴了，要喝。寒了增衣，瞌睡了找枕頭。腰疼了揉腰，腿麻了捶腿。憋屈了，出門走走，散散心。到年齡了，進小學中學大學，讀碩士念博士，老話叫金榜題名，新名詞叫爲中華之崛起而讀書。再到歲數了，娶個人或嫁個人，洞房花燭，亂雲飛渡，把婚姻大事辦了。這些都是大腦的常務工作。

見到好吃的多吃幾口，碰到漂亮的人多看幾眼，遇著順耳話多聽幾句。這是人之常情，但要守個度，不宜過量。人往高處走。芝麻開花節節高。敵人一天天爛下去，我們一天天好起來。這些都是勵志的話，按著這樣的圖紙去施工的時候，大腦一定要清醒，不要被這些話弄得頭昏腦脹，要留神這些話背後危險的一面。人做下了糊塗事，用西安土話說，叫腦子進水了。貪汙犯，盜竊犯，強奸犯，殺人犯，腦子裡不僅進了水，而且是澇了。

人肚子裡，窩藏著兩種東西，食物和知識。這兩樣東西性質不同，但運行原理是一樣的。都是以有形的模樣，在大腦的統籌下收入囊中。餃子、麵條、米、肉、蔬菜是食物，課本、書、典籍、榜樣的行爲是知識。之後消化成無形的能量，分散供給身體的各個器官。無法再消化的，就通過渠道排泄出去。一個人把「之乎者也」吃進肚子，吐出來還是滿嘴的「之乎者也」，就是沒有消化好。讀書和吃飯一樣，不是越多越好，吃飽就行了。但吃飽了要去幹活，這是吃的目的。一個人讀了一肚子書，滿腹經綸而無所作爲，也是飯桶。

頭懸梁，錐刺股，是古人發奮讀書的兩段掌故，是防瞌睡的苦肉辦法。現代社會裡這樣的事少了，聽得多的是割眼皮、墊鼻子、瘦腰瘦臉蛋不成功的醫案。無論爲了讀書，還是爲了美麗，這些方法均不宜提倡，精神昇華到不給自己身體製造麻煩的程度爲最佳。莊子寫過三個殘疾人，王駘、申徒嘉和哀駘它。前面兩位沒有小腿，是「兀者」。後邊一位顧名思義，沒腳趾頭，而且相貌醜陋。但這三位都是大智慧人，威震八方。王駘讓孔子五體投地，申徒嘉讓鄭國宰相子產無地自容，哀駘它讓魯哀公心甘情願獻出王位。這三位智者的大腦，不是自己身體器官的好服務員，沒照顧好身體的零部件，但他們實現了生命價值的最大化。這樣的天賦人才也是極端的例子，觀眾不宜模仿。

笨人

笨守本分，「竹其表曰筤，其裡曰笨」，這是《廣雅．釋草》給笨的定位。

戰國時候有一個笨人，叫甯丘開，不僅笨，而且窮，衣食住行皆憂，在荒郊野外搭個草棚混日子。一天來了兩個舉止不凡的人借宿，半夜裡聽到兩位高士激賞他們的領導人。領導人叫范子華，無官無職，但社會名望廣播，用眼皮底下的術語講叫達人。這位達人是晉國人，不僅有虛名，還有社會勢力，「能使存者亡，亡者存，富者貧，貧者富」，「目所偏視，晉國爵之；口所偏肥，晉國黜之」。他看中的人，一路飆升，他不待見的人，在晉國沒有容身之地。

我們科舉取仕制度是從隋朝開始的，在此之前，民間的人才是靠推薦脫穎而出的，老話叫「察舉」，察舉者就是這些達人，各種各樣的「才俊」都投身到達人的門楣之下，這是達人成爲顯貴的基礎。戰國時候「門客」風氣熱行，到了東漢階段「門閥」之亂甚至動搖了國家的根本。國家實行科舉取仕之後，「門閥」傳統在民間依舊存留著，近代上海的青紅幫，以及當下政府傾力打擊的「黑惡勢力」，都能找到當年的影子。

商丘開所處的正是「門客」之風奼紫嫣紅的時代，偷聽了兩位高士的夜話之後，他做出了一個決定，借糧借盤纏，去投奔范子華。但范氏門庭廣大，「門徒皆世族也，縞衣乘軒，緩步闊視」，在這些人眼中，商丘開的形象是「年老力弱，面目黎黑，衣冠不檢」，他最初得到的待遇是，「狎侮欺詒，擋拯挨抌，亡所不為」。古人用詞真是準確而鮮活。「擋拯挨抌」，這些字真是給漢語長了形象的翅膀。在這樣的禮遇面前，商丘開並無「慍容」，但他的心態不是忍辱，而是自知「不及」，坦然面對自己的不及，這樣的心態叫誠。一個人心裡有了誠，就給做大事打好了底子。

門客們還用兩件具體的事取笑於他：

第一件事是在一個高臺之上，該有幾層樓高吧，有人提議說：「有能自投下者賞百金。」大家說好呀好呀，顯然是事先商量好的。商丘開「遂先投下，形若飛鳥，揚於地，肌骨無毀」。

第二件事是在一條河的急轉彎之處，有人指著洶湧的漩渦說：「彼中有珠寶，泳者可得也。」「商丘開復從而泳之，既出，果得珠焉。」

商丘開的這兩次表現引起了范子華的重視，「令豫肉食衣錦之次」，待遇被提高了。穿上了白領衣服，吃飯也坐到了有肉食的桌子上。真正改變商丘開命運的是一場火災。「范氏之藏大火，子華曰：『若能如火取錦者，從所得多少賞若。』商丘開無難色，入火往還，埃不漫，身不焦。」門客們都服氣了，以爲他是得道之人，紛紛向他道歉。商丘開說，我沒有道，我是帶著改變命運的想法來到這裡的。你們說什麼，我都覺著是真的，沒懷疑過。「唯恐誠之之不至，行之之不及」，「心一而已。物亡迕者，如斯而已」。

商丘開講的話，用大白話說就是心誠則靈。笨是不設防，不設防有什麼益處？醉鬼，睡熟的人，以及嬰兒從高處摔下來，所傷是無大損的。笨還有一層內涵，就是肯下死力氣。心誠，再加上一膀子死力氣，只要不是航天飛船入太空那類特殊的事，世上很多難題都可以解開。再說，商丘開做的這三件事，對於窮困潦倒、苟活於野外的他來說，還是有一點基本功的。

商丘開不僅改變了自己的命運，也影響了門客們的人生觀，「范氏門徒路遇乞兒馬醫，弗敢辱也，必下車而揖之。」

中國的傳統文化重視「誠」，「至誠之道，可以前知」。誠和信是有區別的。宗教講信，講信心，「信則得救」。但要留神信的外圍還有不信那種陰影。信沒有誠那麼透亮。誠心是把自己的內心打掃得乾乾淨淨。太上老君手裡的那把拂塵，是修誠心的法具。如今社會上號召著講「誠信」，這兩個東西不好放一起講。兩手抓，兩手就都不硬了。

內裝修

中國的中醫很了不起，用風和氣的原理解釋人的身體。

關於風和氣，描述得最早，也最文學的是莊子，「大塊噫氣，其名為風」。風是無形狀的，我們走在曠野裡，被風簇擁著，那是身體的感覺。風吹皺一池春水，那是水的響應。風也是無聲的，我們聽到的聲音，風聲鶴唳，冷風颼颼，狂風怒號，是風碰到了東西，摩擦碰撞引發的動靜。風碰到實的、虛的東西，發出的音樂是不一樣的，有些如擊鼓，有些如拿捏笛簫，有些如撩撥琴瑟，有些簡陋的就是喇叭嗩吶。莊子還發明了一個詞，叫「吹萬」，世間萬物的千姿百態，都是大自然這麼「吹」出來的。

風協調著世間的萬有。和諧了，則風和日麗，風調雨順。風遇到梗阻，風雲突變，就會出問題。小一點的問題如颱風、龍捲風、颶風，夾帶著沙塵暴。大的問題如聖嬰現象、反聖嬰現象，氣候出現異常，大旱、大澇、酷暑、奇寒。「吹萬」是大環境，大環境是人力不能左右的。有人類歷史以來，大環境沒有什麼變化，日月星辰，風雲雷電，大江大海，基本還是老樣子，中間出現的局部問題，都是人類自釀的苦酒。由此也可以印證，「人定勝天」那句話，是一句妄語。

我們每個人的身體，都是一個小地球，也可以叫小宇宙。一個人起早貪黑的忙碌，就是地球在一天一天自轉。我們的身體被風內控著，意氣風發，神清氣爽，滿面春風，甚至趾高氣揚，都是風在體內運行正常的形態。風行不暢，麻煩就來了。風在「竅」處遇阻，會打嗝，放屁。風滯在經脈上，風濕、類風濕、關節炎，包括痛風這些病狀就出現了，這些都是小麻煩，「中風」就複雜了，不僅僅是風行不暢，是風控制不了身體的局面了。中風的初級階段頭暈、眩暈、肢體麻木，高級階段的惡果就不用我說了。

一個老中醫告訴過我兩句順口溜，一句是「通則不痛，痛則不通」，指的就是風在體內的運行原理。另一句是「有病沒病，防風通聖」，「防風通聖丸」是老方劑，如今已是中成藥，很普通，很便宜，二三塊錢就給一大包。藥普通，效果卻神奇，有病治病，沒病調理身子。

風和氣不僅是生理的，還連著心理。喜怒哀樂是生理的，但和心理糾纏在一起。心安理得，心澄意遠，也是這一層意思。生理和心理是「意識」的基礎，說地基也行。意識的俗稱叫念頭。一個人從早晨醒來第一個念頭計算起，到晚上睡著之前最後一個念頭（把「夢想」排除在外），一天之中要生出多少「雜念」？主動的，被迫的，潛意識的，下意識的，恐怕再細心的人也不便統計出來。這些念頭串聯在一起，一天又一天，一年又一年，人活一輩子活啥呀，就是活這些念頭。萬念俱灰是形容一個人活夠了，活煩了。故此，儒家才強調明心見性，修心養性。道家不僅修心，連身子骨都修。儒和道兩家都是圍繞著一個人的「萬念」去修，去粗取精，去僞存真。

修身養性是內裝修，但內裝修妥帖了，還要有所爲，一個身心健康的人，如果一輩子碌碌無爲，應該是最大的憾事。

去欲的態度

欲是好東西，讓人生有意義。

自然而然是欲，餓了吃飯，渴了喝水，寒了增衣，睏了放鬆，瞌睡了找枕頭，身子長全了想媳婦。由平庸到高尚，由常人到偉大，是欲在發揮作用。但欲是有界限的，煮飯的是火，火過頭煮糊了，或燒了廚房，是超限，是越界。中國的皇帝有偉大的一面，也有自私卑鄙的一面。比如太監這個職業，以前，在中央機關內部從事服務工作的男子要被閹割。陝西土話把閹割叫去勢，這個詞真是形象到位，把人的根本東西拿掉了，有形無勢，無法形勢大好。太監是皇帝的私欲延伸的惡果，如果皇帝和普通人一樣，只娶一個老婆，太監的形勢就保全了。「養生難在去欲」，是蘇軾的一句名言。樹長成棟梁要剪枝，平頭百姓躍爲大人物要去欲。皇帝是該帶頭去欲的，普通人的欲火燒自身，爲所欲爲的皇帝燒的可是整個國家。人去欲是難的，去掉哪些？去掉多少？不好把握。豬八戒是什麼都不戒的，因而是個笑柄。和尚剃光頭髮，把頭頂的、心裡的全部去掉，放棄現實的人生，是難爲人，特殊材料製成的人才能做到。讓皇帝去欲，更難。吃屎喝尿的成了皇帝，我容易嗎！電視劇「康熙王朝」有一句主題歌詞，「我真的還想再活五百年」。他是皇帝，肯定想活五百年，正受熬煎的老百姓，一天也不想多活。「康熙王朝」拍得好玩，捏造了康熙爺的種種德勤技能。處於民主進程的社會裡，大講皇帝的偉大，沒有什麼益處的。

人生一輩子，壽限大約一百年，性子急的少一些，腸子寬的略多一些。老天爺的這個設置是有大局觀的，一個人活到六七十歲，把人生的基本東西看透了，但活明白了就退休了，只好把「人生經驗」傳遞給下一代。這個節骨眼上，老天爺又加裝了一個「代溝」的裝置，孩子不吃老子那一套，所有的事情要重新來過，吃二遍苦，受二茬罪，把人生的跟頭再重新跌一圈。「代溝」是符合科學發展觀的，預防人類進化的步子邁得太快。試想人生是三百年，退休制度是兩百六十歲，街上走的、屋裡坐的，多數是人精。人種可能延續不到今天，早滅絕了。從這個角度看，老天爺也是在去欲，但成就的是天大的事。

「人間隨處有乘除」，這是曾國藩詩裡的一句。曾國藩不是大詩人，寫的多是哲理詩，在哲理上也比蘇軾差一個檔次。但蘇軾不會帶兵打仗，也不會經營自己的人生。詩詞文章一篇比一篇好，但做官是一年比一年小，貶了再貶。蘇軾屬於虛高一籌，在人生層面上「去欲」稍多了些。王維呀，白居易呀，又會寫詩，又會做官，活的年頭也長，魚和熊掌都得了。

人爲財死，鳥爲食亡，居家過日子一點一點積累財產，由溫飽到小康，是做加法。一夜暴富的人，是做乘法。在秩序井然的社會裡，做加法的人多，在少規則的年月，做乘法的人多。亂世出英雄，就是這個意思。亂世，不僅指戰火硝煙，百姓流離失所。繁榮的社會缺少章法，至少不能叫政治澄明。

做除法，先從減法做起。減法也難做，錢越多越好，名越重越好，官帽子越大越好。一個人從「聞雞起舞」到「戴月荷鋤歸」，每天起早貪黑的忙碌，都是圍繞著「錢、名、官」這三個字轉。等到有一天累病了，躺在床上，心裡才恨著罵這三個字竟無半點用處。但身子康復了，又上路去旋轉了。

有一個老掉牙的故事，說一個臨死的財主，連著幾天闔不上眼皮，還高舉著兩個手指頭，兒孫們百思不得其解，老伴相知一生，將燃著的兩個油燈頭，吹滅了其中一個，財主才放心地撒手塵寰。這樣的人實在可恨又可愛，真真的是把一個事業進行到底了。

氣

「氣」這個字，下邊有個米字底，一個人的氣象是要有米穀做基礎的。米穀是主食。小孩子嘴饞，好吃零食，牙吃蛀了，身子吃瘦了，家裡的老人要施行嚴厲的「嘴禁」。嘴禁就是正餐之外的食物一概免開尊口。吃主食是人活著的基本，窮人以主食填飽肚子，而富裕人家的餐桌上，無論怎麼花樣迭出，那幾樣主食也是固定的。主食寬胃，蘇軾有著名的「三養」：「一曰安分以養福；二曰寬胃以養氣；三曰省費以養財。」中國人講養生，養生就是養氣，陰陽和合，六神充盈。氣是養護調理出來的。

養正氣或浩然之氣，僅靠寬胃是不夠的。空洞地背誦理想信念，戴高帽子，更不行。養出大氣需要磨礪。古代的人學射箭，除了練力道和準勁之外，還注重練氣。記得讀過一個軼文，是講練氣的具體步驟的，差不多是個偏方：每次射箭的時候，在拉弓的胳膊肘處放一個碗，開弓放箭，碗毫不動搖，是度過了初級階段；之後往碗裡注水，半碗，多半碗，漸次加入到水滿且不外溢的程度，可取得中級職稱；高級職稱就玄了，是站在懸崖峭壁上，「登高山，履危石，臨百仞之淵，若能射乎？」現在想想，這種教學方法，對培養一個人的底氣是大有益處的。一門心思只想贏，是賭徒的思路。在一個運動員訓練基地，見到走廊上、場館裡，包括餐廳，到處掛著世界冠軍的頭像，這對運動員心理素質的養護是很不全面的。

讀書人怎麼養護正氣，我沒有見識過這方面的偏方，倒是知道兩句很流行的話：「知識就是力量」、「知識改變命運」。我覺得這兩句話很一般，或者說是階段性用語，對落後的村子或封閉的社會比較適用。開著航空母艦滿世界轉的美國人不會完全信奉「知識就是力量」這一套。中國的文化傳統裡，對「知識」也是持審慎態度的，「忘知守本」，「多知為敗」，「德蕩乎名，知出乎爭。名也者，相軋也；知也者，爭之器也。二者凶器，非所以盡行也。」還有兩句舊話：「百無一用是書生」，「書中自有顏如玉，書中自有黃金屋」。第一句是嘲諷讀死書的人。第二句聽上去有點不太正經，卻是大實話。今天不這麼講了，今天講博覽群書，講學貫中西。誰能真正學貫中西？神明都做不到。這種思維方式和如今奢談烹調的那句話出於一轍，「色香味俱全」，什麼都講了，就是不涉及營養。讀書也要吃主食，把幾本重要的書，幾位重要的人物，讀明白想透徹，並能在書中找到自我，一輩子去做事情就夠用了。

寫文章寫出正氣是更難得的。一篇文章裡，如果洋溢出了清正之氣，就是入了文學的境界。

客氣

男女熱戀的時候，都是客氣的。情人眼裡出西施，缺點也是美麗的。山盟海誓，囫圇吞棗，不計較，不清醒。但結婚過具體日子以後，就不客氣了。「婦德」，是舊觀念裡加在女子頭上的一把鎖，要求女子爲人妻後拘綱守禮，一輩子都保持客客氣氣。以對方爲前提，是客氣之道。

中醫研究氣理，分主氣和客氣。主氣是一個人身體內的常在之氣，「三陽三陰，而周一年」。往具體裡說，就是每年一月二十一日至來年的一月二十一日，兩個月爲一區間，故此稱三陽三陰六氣。還有一段順口溜，叫〈司天歌〉：「子午少陰為君火，丑未太陰臨濕土，寅申少陽相火王，卯酉陽明燥金所，辰戌太陽寒水邊，巳亥厥陰風木主，初氣起地之左間，司天在泉對面數。」主理上半年的客氣叫司天，又稱天氣。經管下半年的客氣叫在泉，也叫地氣。

主氣不是孤家寡人，與客氣相生相從。主氣是穩定的，客氣是變化的。在一個人的身體裡，主氣客氣相融，是和氣順氣。主客反目，則生邪氣。比如打嗝，皮膚上出疹子，是氣不融的最小表現。如果客人在主人家裡大發脾氣，摔桌子砸板凳，是結了恩怨，上門找茬鬧事去了。中醫術語叫「客氣虛張」，這樣的話，身體就出亂子了。

《菜根譚》裡也有一句話：「名根未拔者，縱輕千乘甘一瓢，總墮塵情；客氣未融者，雖澤四海利萬世，終為剩技。」

運氣這個詞，指的就是主氣和客氣的相互協調，是五運六氣的簡寫。五運是金木水火土五行變化，六氣，在時間上是一年十二個月，又具體表現爲風寒暑濕燥火六種氣候。現代交通裡「客運」那個詞，出處也源自中醫原理，客運是運客，客車是載客的車，車與客連體互動爲一體。同道理，客氣是載客的氣，氣裡邊是有實際內容的。我在一位中醫家裡見過一副對聯，「不通五運六氣，遍讀方書何濟」，這是大實話，不懂規律，何談方法。

客氣還有僞飾的意思，語出《左傳》，魯定公八年這一年，齊魯有兩場交惡，均是魯入侵齊。魯國有一位將軍，叫冉猛，在兩場戰事中均佯傷作假，第一次裝腿傷，撤退時走在隊伍前邊。第二次裝做從戰車上摔下來。得到的評價是，「盡客氣也」。

客氣，有表面化的一面。熱戀中的男女之愛，雖蒙頭蒙腦，糊里糊塗，卻存著天真。天真在，表面化也是可取的。

會說話

嘴是工具，主要用途是吃飯喝水說話。至於其他的功能，由個人喜好而定，比如吹簫，吹笛子，吹嗩吶。再比如接吻，飛吻什麼的。

說話直來直去著好，拐彎抹角的人不招待見。但有些特殊的場合，也是不宜開門見山的，要講究說話的藝術，要會說話。

說三位大臣與帝王說話的典故：

晏嬰是齊國的上大夫，相當於宰相。齊國有人得罪了齊景公，被綁押到大殿。齊景公發天威，下令把這個人肢解了，並且說，誰敢上諫一起殺。晏嬰挽起袖子，親自主刀。左手按著那個人腦袋，右手霍霍霍磨著刀，朗聲詢問景公，「陛下，古代明王聖主肢解人，從哪裡下刀？」齊景公聞言，立即說，「縱之，罪在寡人。」

簡雍是劉備的「從事郎中」，相當於外交部長。這個人很有水平，深得劉備的偏愛。朝中議事的時候，「獨擅一楊」，僅在諸葛亮之下。這一年蜀逢大旱，政府出臺禁止釀私酒的法令，估計是爲了節約用水。官員執法時，抓了一批家裡藏著釀酒工具的人，準備對這些人依法論罪。一天，劉備和簡雍在大街上微服私訪，見一男一女有說有笑著閒走，簡雍說，「這兩人要行淫事，應該逮起來。」劉備問，「你怎麼知道？」簡雍回答，「這兩人都帶著行淫的工具呢。」劉備大笑，立即下令釋放藏釀酒工具的人。

有時候不說話，就是會說話。漢武帝劉徹的奶媽有恃無恐，做了一些過分事，武帝知道後很生氣，要嚴辦。奶媽爲保住一條命，去找東方朔求救。東方朔給出的「救命稻草」是：「無論皇帝怎麼訓責你，都聽著，不要辯解。皇帝著人拉你出去的時候，也不要說話，多回頭看他幾眼，有眼淚最好。」奶媽就是這麼做的。人心是肉長的，養育之恩比天高，比海深，武帝心底最柔軟的那塊肉被激活了。「帝凄然，即赦免罪」。

中國的政治史有兩條主線索，一條是皇帝線，一條是宰相線。皇帝是拋物線，因爲我們的皇帝是家庭承包制，個人能力的差異起伏巨大。宰相是水平線，基本上都在高水準上運行。好皇帝身邊有名相，窩囊廢皇帝更離不開名相。皇帝一言九鼎，無所謂會不會說話。但宰相必須具備兩個基本功，會辦事，會說話，歷史中因爲不會說話掉腦袋的宰相不可勝數。

嘴是工具，說話時是傳聲筒，吃飯時是飯桶，真正的後臺老闆是心，是腦子。「說話要憑良心」，「亂講話，沒腦子」，坊間這兩句俗話指的就是這層意思。其實寫文章也是說話，只是工具變了，把嘴換成了筆。我覺著，會說五句話，差不多就是一流文章，這五句話是，說人話，說實話，說家常話，說中肯的話，說有個性有水平的話。

睡覺

睡而覺，這個詞裡，隱著禪機呢。

覺是人的意識流，覺醒，覺察，覺悟。視覺，是眼睛體會到的，觸覺是肢體的，感覺是諸器官的，五臟六腑各盡其責，自負盈虧。知覺則要深入一層，是思慮之後的。佛有十大名號，其中一個叫應正等覺，「無樂與不樂，是名極樂；無求與不求，是名至尊；無是與不是，是名等正覺正遍知。」

《列子．周穆王》裡講「覺有八徵」：故與爲，得與喪，哀與樂，生與死。故與爲是典型的中國式智慧，故是前世種子，爲是此生功德。一個孩子出生了，鼻子隨媽媽，眉毛隨爸爸，額頭隔輩傳，像極了爺爺。還有更玄乎的，一個人來到一處地方，分明是頭一遭，卻沒有陌生感，躺著的水熟悉，立著的石頭熟悉，尤其那棵老槐樹最親切，恍惚去年才別過，但一切如故。得與喪是取和捨，取是吸納，捨是揚棄，人活著，要提防「捨不得」那種心理，只吃不屙，身體要出大麻煩的。哀與樂，生與死是老生常談，裡邊包含著的東西，讓哲學家往高深裡去說吧。

「睡個囫圇覺」，這句俗話指的是睡而不覺，是睡舒坦了，是深睡眠好睡眠的意思。

睡和夢密切聯絡著，夢也是意識流，但和覺是一個大系統裡的兩種思路，夢是特別行政區，屬一國兩制範疇。關於夢，《列子》裡也有具體的說道，「夢有六候，正夢，噩夢，思夢，寤夢，喜夢，懼夢。」

正夢守本，什麼人做什麼夢，茄子一行，豇豆一行。藏這個字，最充分的詮釋是在夢裡。賊窩贓是窩不住的，紙包不住火。但大盜能窩住，大盜盜國，所有的東西都成了他的。一杯水藏在哪裡才得以保全，老祖宗說得明明白白，要收藏進河流裡。人生的頂級理想叫夢想，一個士兵想當將軍，是可以說出口的。但一個將軍想當軍委主席，是不敢說的，必須深藏在肚子的最深處。人生如夢的正解在哪裡？我的理解就在諸葛亮的那首詩裡，「大夢誰先覺，平生我自知。草堂春睡足，窗外日遲遲。」噩夢無須說了，一個人多行善事，可避噩夢。成功人士喜夢多，心懷鬼胎的人夢也多，但多是懼夢。寤夢在半睡半醒兩可之間，但這多是身子骨弱的人睡不踏實造就的。擅長思夢的人是智者，「我思故我在」。卻也不是大智，「至人無夢」，「愚人亦無夢」，大智是大愚，用佛門檻裡邊的話講，叫「言語道斷，心行處滅」。

人體內最深奧處潛伏著兩個能量源，一個叫魂，一個叫魄，魂是意志力層面的，比如有一個詞叫靈魂。魄是生物鐘層面的，還有一個詞叫體魄。魂是上層建築，是精神領袖。魄是物理基礎，是生理主管。魂和魄兩個字的結構，皆從鬼，都是可意會不可捉摸的東西。「魂魄失和，神遇為夢」，魂和魄高度統一了，是大清和的境界，也就無所謂夢不夢了。但這樣的人生，俗人能有幾回合呢？

痴人會說夢。抄兩句白日裡的夢話，是戲詞，是舞臺上丑角說的：「獨坐深山悶幽幽，兩眼瞪著貓兒頭。如要孤家愁眉展，除非豆花（兒）拌醬油。」「小子力量大如天，紙糊的燈籠打得穿。開箱豆腐打得爛，打不爛除非豆腐乾。」這些話裡，同樣是有隱機呢。

心底那個「愚」字

一個人讀了一段聖人書，念了幾頁佛經，突然眼前一亮，心底一驚，好像真明白了些什麼。或看了一幅畫，聽了一個曲子，境界一下子上去了。正縹緲高興的時候，旁邊有人告訴他；你的股票跌了；職稱沒通過；當局長的事泡湯了；體檢結果出來了，腦子裡發現一個東西。聽了這些話之後，這個人仍在那個境界上，下不來，就叫受活。從境界上下來了，不叫受活，叫活受罪。僅有受活還不夠，接下來還要保持下去，叫受用。

王大平先生是《美文》雜誌創刊時的奠基人物，今年七十歲了。六十四歲那一年給血管裡搭了幾個支架，上手術臺的時候，情況急迫，醫生請他留下幾句話，他想了想，說，「臺灣仍孤懸海外，見不到解放臺灣了，就這一個遺憾。」幾天前去和老漢聊天，又說及這件事，他自己聽了也開心地笑。「荊棘叢中下腳易，月明窗前轉身難」。我從大平先生身上學到了一堆編輯手藝，但境界這種東西學不來。

一個中學生做幾何數學題，已知求證了一大通，最後證明的東西出不來，老師告訴他，你求證的方法錯了。這是被方法蒙蔽了。

一輛汽車東拐西拐找不著要去的目的地，這輛車是被道路蒙蔽了。

一個事業家忙天忙地的，有一天煩了，抽個空去廟裡燒幾炷香，或捐個金剛什麼的，從廟裡出來，仍然又什麼都敢做敢幹。這不是被佛蒙蔽了，也不是讓事業蒙蔽了，這是自己把自己蒙蔽了。

傳說有一個官人，是高官，因貪墨過重被政府拿下了。清髒的時候，家裡有一個保險櫃打不開，密碼是聲控的。辦案人員經驗多，也熟悉這種聲控技術，知道密碼一般是四個字，「菩薩保佑」、「得天獨厚」、「芝麻開門」、「武運長久」，幾個人圍著櫃子喊了一天，也不見動靜。只好押解官人回家，讓他自理。官人鄉音重，清了清嗓子，說，「執政爲民」，啪，櫃門應聲洞開，裡邊滿滿的全是硬通貨。

一個人活著，或多或少或長或短都有想不開的時候，想不開，就是心底有個愚字在鬧騰。每個人心底都有一個愚字，抱著它是一種活法，想辦法扔又扔不掉也是一種活法，眼不見心不煩還是一種活法。但怎麼樣活，就是怎麼樣的人生。

身體裡的風氣

按照老說法，三天一氣，五天一候，十天一旬，十五天一節，九十天一季，四季輪回，年復一年。天氣，氣候，節氣，季節幾個詞是這麼來的。中國老祖宗看天時的基礎是依農時，依莊稼的生長規律，天和地呼應著看。但發射神舟飛船的氣象基礎，不是農時，因爲需要準確地分析出近太空雲層的薄厚變化，給飛船找一條出路，就是在雲層中找個空子，讓船鑽出去，然後再滿世界去轉。現代氣象學的基礎已經改變了。

只要不離開地球，我們老祖宗的這一套東西是很符合科學發展觀的。

候是內部變化的外在狀態，中醫望診看症候，廚師料理看火候。按冷暖選擇居住地的鳥叫候鳥，人按季節增刪衣服，候鳥比人笨，不能換羽毛，只好換地方。但不要小覷這些鳥，牠們是掌握氣候變化的高手，是原始的氣象學專家。人穿了戰國時代的衣服成不了戰國人，但候鳥飛到哪裡就是哪裡的鳥。

在傳統觀念裡，氣是原動力，是能量源，是存在的根本。人身體外的氣叫空氣，關上窗子，捂住嘴、鼻子，外邊的空氣進不到體內，人就死了。人的體內也是氣，是實實在在的氣，氣也要排出去，排不出去，一樣會死。一個人躺在地上，另一個人過來摸一摸，說，沒氣了，安排後事吧。

氣的表達形式叫風，風發爲氣，意氣風發，指的都是這層意思。氣在體內運行不暢，中醫叫氣滯，嚴重了叫痛風，再重了叫中風。通則不痛，痛則不通。打嗝是初級氣滯，關節炎要稍重些，腦中風麻煩就大了，眼斜嘴歪，手腳失常。

氣在體內一定要順行，這很重要。能逆行的是內功高手，是武俠小說裡的人物。氣橫行的話，身體內部會出亂子，亂子是大病。在精神病院裡，有的哭，有的笑，有的對牆發呆，有的走來走去，都是氣在橫行。把氣捋順，比把彎的鐵棍弄直費勁多了。

中醫裡的氣分陰陽。陽氣是什麼？兩歲小男孩半夜裡小牛牛直了，有時候是憋尿，沒尿的時候就是陽氣。進入青春期後就不太好分了，性被叫醒了，兵臨城下，風雨欲來花滿樓。陰氣是什麼？一個中年人坐在空調房子裡仍然煩躁不安，而且吃什麼都不是原來的味道，就是陰氣不夠用了。

在人的身體內，氣是一個系統，血是另外的系統。各司其職，氣血是不能混爲一談的。有點類似現在黨委和政府的行政設置。氣是主動的，是領導者。血是被動的，靠壓力開展工作。給瓶子裡注入水，水是沉在瓶子底部的。人站在地上，血不在腳踝周圍，而繞周身運行，靠的就是血壓。一個人血壓適度高些不是壞事情，當然高過了頭也不行。低血壓才是可怕的，像早些年國產的汽車，總是打不著火。

氣節這個詞是說個人的，指一個人做事的原則和規範。風氣是說社會的，指一個區域的原則和規範。看一個區域裡領導的水平，不用和他見面，看當地的風氣就夠了。一個地方的最高長官就是一個人的大腦。大腦和心臟協商，通過氣血的運行確保四肢及身體各器官負責任的工作。大腦和心臟怎麼協商？每個人都不一樣，有人氣虧些，有人血虧些。但總的來講，大腦是占上風頭的。比如思想這個詞，心做著基礎工作，但成果歸大腦。再比如，動腦筋要寬一些，小心眼就窄多了。走進一個陌生院子，見一個人手腳費勁地比劃著走，並且眼斜嘴歪著打量人，你會立即得出結論，這是個腦癱患者。一個地方社會風氣不好，尋根的話就會找到領導者那裡。社會風氣的傳統說法叫民風，民風是多稜鏡，折射的面很多，不僅照世道，也照官人。官本位也是傷官人的，而且被照入鏡子裡的官人，多數都是赤裸裸的。

正信

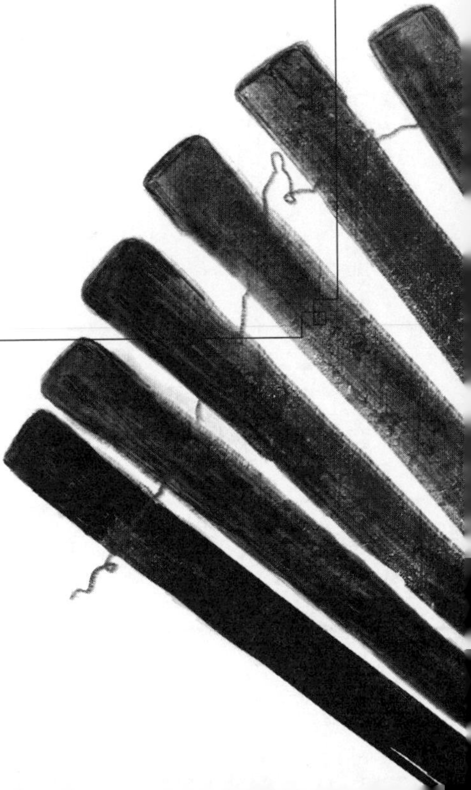

正信

義，指理的最終結果。義不容辭，義無反顧，義本同心，情義無價，大義凜然，義憤填膺。這些成語裡的義差不多都是一個意思。「五常」是仁義禮智信，「四維」是禮義廉恥，「四維不張，國乃滅亡」（《管子．牧民》），《金剛經》裡，須菩提聽了佛示之後，說的一句感慨是「深解義趣」。義是至高無上的理。趣同趨，找到了通往最高道理的方向。主義這個詞，不是義的核心，是義的主航道。「敢犯顏色以達主義，不顧其身，為國家樹長畫」。（《史記．太史公自序》）

正信，是迷信的基礎上再上一個臺階。迷信是忘我的去相信。正信要清醒，要走出迷宮，要找到通往理的大方向。正信，也不是置疑那個層面，用懷疑的眼光看待一切，會出大問題的。迷信，再加上一份自信，離正信就不太遠了。

「信得過」這個詞指的就是上一個臺階，僅僅覺悟了還不夠，還要有所超越，要跨過去。

遠觀一座山是欣賞，登上山頂也只是了解了梗概。走進山中，做山中人，才會真正認識一座山。認識領域裡的跨越，不是高攀，而是往深裡走，往具體裡去。

信見，是正信之後有所見。以信見指導所爲，才會積好一點的功德。這些大道理，都是我從書本上看來的，務虛而已。我試著結合一點實際，說一件迷信有所見有所爲的事

文革期間，西安的多條主要街道都改了名字。老城內的四條大街，東大街叫東風路，西大街叫反帝路，南大街叫反修路，北大街叫延安路。老城牆四個牆角向外延伸的四條主路，太白、太華、太乙、太岳，改爲援越路、紅旗路、燎原路、星火路。北關正街改爲大寨路，阿房路改爲大慶路。改名時是一窩蜂的，一九七九年恢復時也是一窩蜂的，但保留了大慶路和星火路，文史專家葛慧老先生對這兩條路的記載是：「有的說『農業學大寨被否定了，但工業學大慶沒有否定』」，「據說是因爲每個大城市都必須有一條星火路，反映國家的『星火計畫』」。一個人的名字，是隨人一輩子的。一座城市街道的名字，也是隨著這座城市的。給一個小孩子改改名字沒有什麼，但給老人改名字可是大事情，給西安街道改名字，相當於給老人改名字。迷信行爲的結果，一部分是苦果，一部分是惡果，一部分即是非驢非馬。

義的主航道不在生活的表面，有點類似隧道，也不是通途，需要斟探，需要撥開迷霧，有時也需要破冰或者鑿岩。

敲木魚

和尚念經，是敲打木魚的。魚犯了什麼錯？要在殿堂上被敲打。我猜就是缺心少腦。有心卻不用心，腦子也是那麼一點點，憑著那點聰明，就沒深沒淺地闖蕩江湖，遨遊大海。

一個人在嬰兒的時候，腿也是盲目高蹈的，常常翹著，亂蹬亂踹。學會走路以後，腿漸漸平實下來。腿是承載人生重量的，風濕呀，寒腿呀，都是負荷之苦。人到中年，勞碌了一天，腿就灌了鉛，回到家裡，要放鬆一下才能睡個囫圇覺。人老腿先老，走不動路的時候，這個人的人生也就差不多了。

行路難，指的是一個人活一輩子不容易。不僅腿難，心更艱難。有一年我回老家，弟弟說，你和賈作家在一個單位上班，替我求一幅難得糊塗的書法吧。我問爲什麼要這幾個字？他說總和同事鬧意見。我說你這是糊塗造成的，還敢再糊塗？我給你寫四個字：做明白人。他又說：「那你就寫平常心吧。」「你還不夠平常嗎？你現在缺的是上進心，用心去上進，多掙幾個錢，養活老婆孩子是頭等事」。弟弟還算聽話，後來和同事團結了，收入逐漸好轉，孩子也去重點中學念書了。「難得糊塗」和「平常心」是人生大境界之後才修的功課，豁達一點，忍讓一點，不是難得糊塗。脾氣好一點，也不叫平常心。小學不及格的人做博士後的題目沒什麼實際用處，做出了答案也是抄襲的。

拜佛是「上訪」，是精神上訪。老百姓是可憐的，政府解決不了，或不願解決的纏頭事，只好求佛幫忙，生兒子，上大學，找工作，家人平安，以及種種疑難雜病。佛是大領導，向佛訴訴這些苦衷，縱是一時解決不了，也落個心裡寬敞。這是廟裡的香火一天比一天興旺的原因。佛的大，就在於傾聽和接近百姓的疾苦和心聲。應該出臺一個政策，嚴禁政府人去廟裡上訪。再有一些配套措施，安排人在半路截住，讓單位的上級把人領回去。如果有一個好事者，在佛前放一盤錄音帶，專錄政府人抱佛腳時的「心願」，播放出來一定生動有趣，可能還會有內幕和黑幕。

有事近佛不是敬佛，那種敬附帶著條款。條款得不到兌現，會往佛頭上著糞的。以心近佛是敬，心中發願，做些助佛的大事和小事，讓佛騰出手來，多做普度眾生的工作。

覺悟

一個僧人覺悟了，還要不要繼續修持？

一個老和尚說的實在：把欠的債還上了，還要掙錢過日子。和尚要不斷地覺悟，久而習之，就成了佛。佛是樸素的，不是廟裡供奉的那種樣子，頭上放光芒，腳底踩蓮花。頭上放射的光是世人的貪念，五彩斑斕的。腳下的蓮花是世人的痴根，頑固得很。廟是人蓋的，給佛蓋好房子、做大雕塑，是求佛幫忙辦事。

人有兩個基本問題，飲食問題和男女問題。「飲食男女，人之大欲存焉」，這是聖人孔子說過的話。老百姓也有一句話，「飽暖思淫欲，饑寒起盜心」，還有一句歌詞，「起來，不願做奴隸的人們」，起來幹什麼？就是造反。造反有理，解決饑寒問題。饑寒解決了，淫欲跟著來了，淫欲的另一種說法叫享受生活。享受是舒服的事情，怎麼捨得放下？要設法保住，還要力爭保全。於是廟就蓋起來了，給廟裡樹立一尊像，叫佛，這個佛給窮人祛病，給官人升官，給富人開財路，給女人生兒子，讓兒子考上名牌大學。因此，老人和孩子，富人和窮人，男與女，官與民都要去拜。世人是這樣理解佛法無邊的。

一個科長到局長家裡送點錢，求個副處長的缺，叫跑官買官。這事一定要在私下裡運行，一旦公開了，面子上難看，還會受懲罰。但去廟裡可以公開幹，燒幾炷香，說，佛呀佛呀，我辛苦這麼多年，給提拔個副處長吧。事情成了，叫佛光靈現，不花錢也辦了大事。不成也不要緊，一個人給局長送了錢也不一定得到副處長的位置，重要的是好印象留下了，以後再找機會吧。

真正的佛不在廟裡。

佛有十個名號：如來、應正等覺、明行圓滿、善逝、世間解、無上士、調御丈夫，天人師，佛，薄伽梵。其中三個名號要注釋一下：如來，即「無所從來，亦無所去」（《金剛經》），是佛本來就在這裡的意思，你看不到是你修持得不夠。佛是覺者，自己大徹大悟，又幫別人開悟。薄伽梵是譯音，即世尊。念念這十個名號，就知道佛要做多少事情。要是人，早累死了，不累死也得煩死。

佛的核心是行，行到有功就是德。有一句話叫立地成佛，佛要站立著，靠打坐的方法成不了佛，打坐也成佛的話，電線桿子，門墩也是佛，老廟前的石獅子更是佛。方法得當，每個人都可以成佛。老樹就是佛，生長了那麼多年，披風沐雨的，不怨不嗔，而且不停歇地增枝葉，長果實，人們可以熱天乘涼，雨天避雨，還可以呼吸到有益的空氣。求清淨不是佛行，佛不在深山的山頂上，佛渡眾生，佛在人多的地方，在麻煩多的地方。求清淨是省麻煩，實質上是一種貪，貪是佛經裡講的十惡業之一。

事情都是相對的，不是絕對的，都有局限，局限就是有邊境。一個人做了壞事，普通人殺了人放了火，官人貪墨太多，上刑場前，呼念十萬遍佛號，求佛保佑，如果佛真的管得了，佛也不是佛了。佛講行，也講戒。戒就是把不好的東西關門一樣關在心裡，一點一點去除掉。佛又叫世間解，解的就這麼通俗實在。唐僧取經是伏魔的過程，這些魔叫心魔，不在外邊，都在人的心裡。《西遊記》是一部勵志書，寫的是唐僧戰勝自己的故事。

上邊這些話是一個老和尚說的，我僅是恭錄。

空指什麼

空有兩個方面。一方面是沒有，另一方面是有。以人爲例。比如我們人的身體，男人英猛或猥瑣，女人靚麗或醜態，如果沒有靈魂，就是一種空。如街坊鄰居說的那種話，瞧老趙家那個丫頭，花容月貌的，就是缺心眼，可惜了的。有肉體，沒有靈魂，就是肉架子。而有靈魂，沒有肉體，更是空。設想一種念頭或思維，幽靈一樣半空裡懸浮著，找不到承載的東西，沒著沒落的，那種空是無根的逍遙。

一個人才生下來，不過幾斤幾兩重，幾十厘米長短，所有的一切都是慢慢長大，一點一點充實。肉體和靈魂是很實際的，是一天一天增長起來的。肉體和靈魂也是相附相承的，渾然一體著。肉體高於靈魂，是鄰里的笑料。靈魂高於肉體，也要格外注意，一個小孩子被稱爲神童，家長要特別留心孩子以後的成長。史蒂芬·霍金是靈魂高於肉體的典型，極端的天賦人才，畢竟是極少數。

再以作家寫作爲例。一篇文章要「言者有言」，僅有精緻的修辭，如莊子批評過的「言隱於榮華」，被文字表面的美遮住，這篇文章就是空洞的，相當於一個人缺心眼。但一個作家寫作，如果一味的「政治正確」，也應該多斟酌斟酌。一個時代裡的好政治，是針對現實的。是當時的，是及時的，也是一時的，世風裡變得最快的就是政治。「跟風作家」最終的結果是跟不上的，像倒班車，追上了這趟，追不上下一趟。莊子提醒過，要防止「道隱於小成」。《金剛經》說得更嚴厲，「一切有為法，如夢幻泡影，如露亦如電，應作如是觀。」

空也是大有。天空裡的東西很多，太空裡更多。佛經裡邊的話叫真空妙有。空是更高一層的境界，是有待於人們去認識去發現的境界。有一種生活用品叫真空包裝，真空，只是被抽走了氣體，裡邊還存在什麼？它憑什麼讓包含的東西較長時間不變化？人類對這個問題的認識，目前還很有限。

國畫裡的留白是一種空，音樂裡的瞬間停頓是一種空，文學描寫裡的閒筆是一種空，這些空裡都潛在著奇妙的魅力。

《西遊記》是一本大書，給人物起名字也極具內涵。八戒叫悟能，是長點真本事的意思。孫行者叫悟空，要且行且思，要讓自己的行爲上境界，要有國畫裡的留白，要有音樂裡的瞬間停頓，要有文學描寫裡的閒筆。吳承恩把孫行者定位爲猴子形象，是生花的妙筆。一個人在世上走一遭，是綜合地活著，僅會做些事情是遠遠不夠的。儒家講的「修爲」那個詞，爲是一層意思，不斷地修正所爲是更深一層的意思。

本錢

和尚住的地方，叫寺，叫廟，通著似和妙的。「寺即不住，住即不似。」寺廟的首長叫住持，叫方丈。方丈之所，住不過是持。

一個人進了山門，上了殿堂，對著那尊金身就是一通磕頭。「佛呀，讓我生個兒子吧」、「我這身官司怎麼辦呀」、「我副處長都二十年啦」。磕頭的人心誠，卻也不抬眼看看，正上方的是佛麼？不過佛像而已。世上的事，看上去越是像那麼一回事的，細究一下，卻又不是那麼一回事。似有似無，似是而非，妙在其中，妙不可言。寺廟是佛在人世間的辦事處，這兩個字的稱謂，本身就透著禪機。

我念小學的時候，毛澤東主席的像特多，有雕像，有像章。雕像有整身的，有半身的，廣場、機關、街道、學校，隨處可見。像章就更多了，每戶人家都有，銅質的，鐵質的，瓷質的，還有竹質的。小的比小指指甲還小，大的比飯碗大。小的戴在胸前，大的掛在牆上。現在這些都不知道去哪裡了，很難再找到。前幾年我去哈爾濱，一個朋友約我去一個地方見面，打電話讓我趕到「毛主席打出租的地方」。我問那是哪兒呀，他說出租車司機知道。司機把我拉到了一個廣場，廣場上有一尊高大的「毛主席揮手我前進」的雕像。那樣的雕像，在我小時候，每個城市都有。

本錢這個詞，有兩層含義，外邊的一層是錢，裡邊的核心是命。人活著，最捨不得往外拿的東西就這兩樣，其他的都是身外之物。錢不在身外，貼身裝著，有的還拴在肋條上。命比錢稍重一點。一個人掉進河裡，手是緊攥著錢包的。水淹過了脖子，雙手才撲騰著喊救命。西安土話形容一個人老了，是怕死，愛錢，沒瞌睡。排名也是命在前邊。人老了，水落石出，本真的一面露出來了。

本錢是本命。身體是本錢，能力是本錢，年輕是本錢。一個人去經商，財富是本錢；一個讀書人，學問是本錢；一個官人，位置和烏紗帽是本錢。看一個人的身分和水平，看他有多少本錢，還要看他怎麼對待自己的本錢。有錢人恃財倨傲，是討人嫌的。有學問的人一覽眾山小，一身「我勸天公重抖擻」的大氣派，結果也是不言自明的。一個官人，不說人話，開官腔，說拼音字母，說 aoe，神態拒人一里之外，更是人見人煩。本錢是大的東西，卻是讓別人敬重著好，自己別太當一回事。

我聽過的評價自己最了不起的話，是一個鄉村老姊姊說的。很年輕時，她丈夫就去世了，她一手拉扯大三個孩子，又孝順著年老的公婆。鄰里推舉她爲「孝星」，報紙誇她是「當代節婦」，現在的報紙，膽子小，嘴卻大，只要是無關痛癢的，什麼樣的話都敢說出口，「當代節婦」這個詞，真能想得出來。這位佛心佛德的老姊姊說得好，「我不是節婦，我就是他們家的看家狗。」

化和幻

化和幻兩個字，老話裡是這麼解釋的：「窮數達變，因形移易者，謂之化，謂之幻。」

一個上歲數的人看自己的照片，童年的，少年的，青蔥時候的，風華正茂的，人到中年的，兩鬢已秋霜的，一張張照片都是具體的，真實的生命軌跡隱於其中。但因形移易，往事如煙如霧，有的歷歷在目，有的不堪回首。這個過程就是幻，像放幻燈片一樣，幻處即真，真處亦幻。

氣字，氣象萬千，但米穀在下邊做著基礎。一個人活著，氣色好，有生氣，有正氣，或活得發達了，生出大氣象，形成大氣場，都是離不開五穀雜糧的。正氣有兩個要素，一是食人間煙火，再是從具體中超脫升騰起來。用《紅樓夢》裡的話說：「聚而成形，散而為氣。」

化是動態的。量化，轉化，融化，進化，潛移默化。化是有原則的，有一門基礎科學就叫化學，是研究量變到質變規律的。化也複合多元，佛經裡講命有「四生」，胎生和卵生是眾生常態，比較特殊的生態是濕生和化生。濕生是魔鬼道，蚊子、蒼蠅一類，是惡業行經的歸宿。化生是大境界，蛹成蝶，俗化仙。普通人死了叫逝世，皇帝叫駕崩。但大和尚叫坐化，神仙皇帝叫登遐，登遐就是入化境。

如今正逢高談文化的年月，高談好，高談出闊論。但高談裡要區別出奢談和空談，奢是大者，重排場與鋪張。「奢者侈靡放縱之義，故曰張。」空談是誇海口，練嘴唇功夫。文化不是簡單的事情，不是用先進文化傳統文化就能概括得了的。文而不化不叫文化，讀一肚子書，如果轉化不成能量發揚出去，是把書蹧蹋了。文化的重心在如何化上，人人學數學，有人去造航天飛機，有人做了村裡的會計。文化不是形象工程，不是面子活。前些年有一句政府口號，是大庭廣眾公開講的，叫「文化搭臺，經濟唱戲」，這話聽著實在彆扭，像不守規矩人的口氣。中國老百姓過日子最反感說一套做一套，坊間的話叫掛羊頭賣什麼什麼肉。

什麼樣的樸素什麼樣的愛

愛的實質，是對自己的制約。

愛這個，愛那個，愛東，愛西，不愛紅裝愛武裝，是一種選項，是排他。愛科學，愛藝術，是給自己預定了一個方向，也是規劃了一條道路。博愛不是貪，是對自己多加約束，要更多的擔當責任和義務。要特別留心愛自由那句話，自由不是放縱，自由的上限是不由自己，公眾的利害要放在首位。狗見了骨頭控制不住嘴裡的涎水是狗的短處，狐狸過於愛惜自己的皮毛是狐狸悲劇宿命的源頭。當了官愛錢是正當的，不愛錢，沒有經濟頭腦怎麼給百姓謀福利。但把錢過多的裝自己兜裡就不妥了。

樸是未履刀斧的原木，是樹。樹做了家具樸就被肢解了，仿舊家具是更深一層的華麗。素是本色，是遊人沒有動過手腳的山泉水。素面朝天不是一張髒臉，而是放棄了喬裝打扮，惟大英雄能本色。樸素是天真，是本分。老詞裡是這麼概括樸素的，「無刀斧之斷者謂之樸」，

「敦兮其若樸」，「靜而聖，動而王，無為也而尊，樸素而天下莫能與之爭美」。

樸素是放鬆的，愛是苛刻的，這兩種東西又都是大的，大到什麼程度呢？「惚兮恍兮，其中有象；恍兮惚兮，其中有物。」這個恍惚不是捉摸不定，是心地光明，是飄然自在，但更是踏實，缺少了踏實，樸素和愛容易走形。

說一件平凹主編的瑣碎事。多年前，我隨平凹主編去北京大學講個課，他的話題是中國文學要多包容中國傳統元素。這樣的題目當年很少有作家講，都使勁說開放呢。他講課的屋子能容納五六百人吧，記得過道裡站滿了人，他坐的椅子兩側的臺階上坐著人，門外也有人，講到有點意思的時候，屋裡人一鼓掌，門外人就敲玻璃，後來來了幾個保衛，可能誤以爲鬧學潮呢。晚上回到住處，是由留學生宿舍改造的招待所。屋子窄，兩張床一條桌子，人在裡邊要側著身子走。平凹主編躺在床上，說他當年在西北大學讀書時的一些舊事，吃不太飽，穿不太暖，一條薄被子冬天裡要弓著身子睡。由睡覺說到了氣味，萬物都是各自洋溢其味道的，馬圈裡是馬味，牛棚裡是牛味，雞舍裡是雞味，男生宿舍裡是原生態小夥子味。說著說著，他忽然抬手指著對面的牆，「那是個什麼東西？」在昏暗的燈光下，牆臨界天花板的地方有一個圓形的小東西挺顯眼。「不一定是公家財物，勞駕副主編取下來。」我個子高一些，搬出凳子，架在長條桌上，很費勁的摳下來一看，是個塑料的虎頭，是如今超市裡地攤上比較常見的那種小裝飾品。他接過去認真審視了一番，起身去衛生間洗了，又用紙擦乾淨，小心地放在床頭櫃上。我問他你準備幹什麼，他說進一趟北京城，給女兒帶個禮物唄。他接著補充說，「三四歲的孩子，給月亮，給地球，不也是拿著玩麼。是我先看見的，你可別爭。」返回西安的途中，我差不多笑話了他一路。但從這件事中，我得到了一個啓發：愛孩子，能夠講分寸是不太容易做到的。

信史的溝與壑

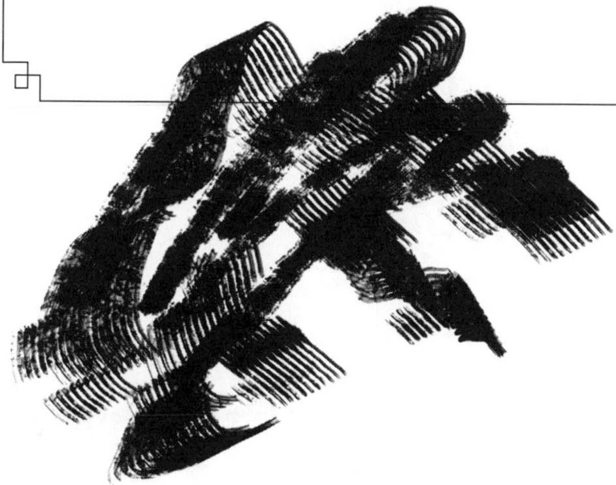

信史的溝與壑

・從道德一詞的瘦身說起

按舊說法，書分四類，「經、史、子、集」。以前的讀書人主要讀經史，經史是課本，子集是輔助教材，是課外讀物。經史也有分別，經是基礎講義，史是專業課程，先習人事，再練世事。「三十老明經，五十少進士」，指的就是這層意思。經是常道，世事變遷，但人的基本東西不會變，且會持久鮮亮。讀經就是衛道，找天地人的大道理。讀史是找德，德是什麼？「德者得也」，行到有功便是德。「天之大德曰生」，繁衍後代是最大的德行。但德也是有局限的，比如那個「好」字的結構，女有子爲好，婦人得了兒子才是好。還有明人陳眉公的那句話，「女子無才便是德」。這是德中的舊觀念。籠統地說，德是高尚行爲的結果，在一個朝代裡，哪些行爲是高尚的?哪些行爲是卑劣的?不是這個朝代裡的人可以定論的，有權有勢也不行，皇帝說了也不算，這就是史的價值所在。道和德這兩個字最初是分開來講的，不是一個詞彙。到了唐朝，因爲一部書，才把這兩個字黏合在一起，唐朝尊崇道教，把《老子》一書奉名《道德經》，到唐玄宗李隆基時期達到頂峰。李隆基是很會戀愛的皇帝，也很智慧地熱愛老子，他把《道德經》視爲自己的「紅寶書」，作爲治理國家的理論根基，不僅隨身讀，還御筆注疏。他的智慧之處在「取之於真，不崇其教」。他喜歡老子的三句話：「聖人無常心，以百姓心為心。」，「貴以賤為本，高以下為基。」，「民之饑，以其上食稅之多，是以饑；民之難治，以其上之有為（爲所欲爲），是以難治；民之輕死，以其上求生之厚，是以輕死。」李隆基一度是有爲的賢明皇帝，他創造了「開元盛世」，政治清明，百姓殷實富足。但到了晚年，又背離了老子這三句話，才有「安史之亂」迸發，強大唐朝由此走向下坡路，漸行漸衰。

道德一詞進了現代漢語，被徹底瘦身了，專門指人的修養，傳統文化裡的有機成分被擰乾，僅剩下一個皺巴巴的皮囊，除了一點點液體，什麼也裝不進去了。

．歷史的學名叫「春秋」

歷史的學名叫「春秋」，這是聖人的譬喻，「仲尼厄而作《春秋》」。孔子爲什麼把歷史叫春秋，而不叫冬夏？我琢磨出這麼幾層意思：

一、當時是小國政治年代。叫諸侯國，只是比今天的縣稍寬敞些，人口也稀疏，據行家估算，當時全國僅兩千萬人口，比臺灣人口還要少。但是國家數量多，西周時期最多將近八百個，僅山東境內就有四十多個，周室東遷後，《左傳》有記載的仍超過一百二十個。小國寡民在弱肉強食的環境裡過日子，如危地裡的莊稼，春種秋收，得一茬是一茬，說不出可持續發展的鬆心話。如果當年也是今天的一統天下，有九百六十萬平方公里的地大物博，憑孔聖人的智慧，不會叫春秋的，會換另外的視角，可能會叫天空，或海洋什麼的。

二、冬夏兩季表層的東西多，春秋兩季深層的變化多，不確定因素多。物如此，人和社會亦如此。

三、春天是播種，是開始，是動機。孔子很看重動機，他在《論語・爲政》裡說詩，「詩三百，一言以蔽之，思無邪。」詩與政治貌似不相關，但有一個關鍵處是相通的，就是「思無邪」，心術要正，動機要純，出發點要端莊。秋天是收穫，是結果。從動機裡看居心，在結果中察得失。一個朝代是怎麼拉開帷幕的？又是怎麼謝幕的？「眼看他起高樓，眼看他樓塌了」，蘊藏其中的東西才是這個朝代留給後世的最大遺產。用劉知幾《史通》裡的話說，「得失一朝，榮辱千載」「孔子作《春秋》，亂臣賊子懼」，亂臣賊子所懼的，正是《春秋》筆法，明察秋毫，微言大義。

四、依農曆天時，冬夏叫至，春秋稱分，老話叫「日夜分」，分是分明，指的是晝夜平分，白天和黑夜基本持平。審視歷史要一碗水端平，要公允，不能挾私用假。「臨流無限澄清志，驅卻邪螭淨海波」。

五、上邊寫的四款，都是我的瞎琢磨。據王力先生考據，西周早期，再溯以前，一年只分春秋二時，講春秋，就意味著全年。鄭玄箋注「春秋匪解，享祀不忒」，爲「春秋猶言四時也」。

讀史講致用，溫故爲知新。溫故講究讀史方法，溫這個詞用得恰當。歷史原本已經死去了，只有讀活了才可能出新價值。尤其是中國的歷史「課本」，有五千年的厚度，很難讀，城府深，色調沉，像一個人板著臉孔，古板，刻板，缺情少趣且苦辣，對，是苦辣。像冬天裡喝燒酒，要「溫」一下口感才稍好些。

我們的歷史不太好讀的原因，有兩點最具中國特色。一、歷史是斷代的。二、既有帝王術，還有宰相術，兩條線索並行，卻不是雙軌制，是連體的兩個人，既互動，也互相牽扯。

截止於清朝，中國有兩種國家體制形態，一種是周文武二王建立的簡陋的聯邦制——分封建國。周朝鼎盛的時候，有近八百個「加盟共和國」。再就是秦始皇開創的帝國制。這兩種國家體制形態都是在陝西這片土地上開創的，陝西被稱爲「三秦大地」，這個「大」字，陝西這片土地還是承受得住的。但秦朝以降，二十幾個朝代的更替不是禪讓，不是競選，也不是一般意義上的自然淘汰，而是革命，是流血犧牲，是槍桿子裡面出政權，是打碎了之後重建。這是中國歷史叫斷代史的原因。讀歷史讀到斷裂地帶要小心，要提高警惕，要記住兩句名言，「一朝天子一朝臣」，「凡是敵人反對的，我們就要擁護，凡是敵人擁護的，我們就要反對」。革命年代是以勝負論英雄的，基本不管青紅皂白。

中國的皇帝，因爲是家庭承包制，業務水平差距比較大。像拋物線，高和低的落差很懸殊。但中國的宰相們，基本保持在一條相對高的水準線上。好皇帝和劣皇帝，差別在業務能力上。好宰相和劣宰相，差別不在業務能力，而是心態、心地和心術。

政治裡的好和劣是複雜的，心態，心地，心術更複雜，正是這些，愁煞著史官，但也彰顯著史官的眼力和人格魅力。

．信的視角

有三個常用語，都是臧否人事的，排在一起看，挺有意思。「不三不四」，「人五人六」，「亂七八糟」。

不三不四。指一個人做人做事沒規矩。依南懷瑾先生的理解，易的卦理有六爻，初爻二爻喻地，三爻四爻喻人，五爻和上爻喻天。不三不四，就是不太會做人，做事情不守人的規矩。

人五人六，有兩種說法。一種是空有五臟六腑。五臟，心肝脾肺腎。六腑，膽、胃、小腸、大腸、膀胱、三焦。五臟六腑是人的核心內存，各司其職，各有其責。人五人六的含義是內存完好，但不正常工作。用坊間的大實話說，叫吃人飯，不屙人屎。另一種說法是五常和六藝表面化，徒具虛表。五常是仁義禮智信。六藝是西周時候的學校（庠序）開設的六門功課，禮（禮儀）、樂（音樂）、射（射箭）、御（駕車馬）、書（識字）、數（記算）。六藝在以前泛指人的基本才能。有一句坊間言，很傳神，很生動。「別看那小子裝得五講四美，人五人六的樣兒，其實一肚子男盜女娼。」

亂七八糟，解釋起來要麻煩一些。「女子二七天癸至」，「男子二八腎氣盛，天癸至」。這是《黃帝內經》裡的話，「天癸」是男女的基本東西，「天癸至」，就是男女成人了，可行天倫，有了生兒育女的功能。女孩子十四歲，男孩子十六歲，如果天癸未至，該來的不來，就是亂七八糟。七和八，還是中國人傳統生活裡的大數字。七是神祕的，密切聯繫著人的生和死。胎兒在宮中孕育，七天一個變化，這是被現代科學證明了的，如今婦科醫生給孕婦寫診斷書，也是以周計算。人命歸天，死後要「祭七」。亡人撒手人寰，走上不歸路，也是七天一個行程。從死的那天算起，每七天祭奠一次，「頭七」、「三七」、「五七」，依坊間的「老理兒」要重祭。「七七」叫「滿七」，也叫「斷七」，指亡人已過奈何橋，和人間塵緣已然了斷。七影響著一個生命的開始和結束。八，也陪伴著一個人的具體生活。一個人才出生就有了生辰八字，八字是中國人的人生觀。《易經》是中國最早的一部經典，用八種自然形態解釋世界的構成，乾坤震巽離坎艮兌，即天、地、雷、風、日、月、山、澤，這是中國人最早的世界觀。在上古混沌不太開化的年月裡，能有這樣的世界觀，實在是我們老祖宗的了不起。以前科舉考試作八股文，有文采叫才高八斗，有城府叫四平八穩，處事圓滑叫八面玲瓏，人生得志了會威風八面，生活裡流年不順叫倒八輩子楣，與人疏遠叫八竿子打不著。中國人過去使用的老秤是八進制，半斤是八兩。七和八裡，有自然科學，也隱著生命科學的。一個人的生物鐘，也因循著這個規律，女子以七計數，男子以八計數。女子長到二十八至三十五歲，男子長到三十二歲至四十歲，就到了生理的高峰值，再以後，就一點一點走下坡路。男和女到了五十六歲那個節點生理上開始發生顯著的變化。男子是陽，陰開始增加了，一個男人以前不管怎麼滿世界跑，五十六歲開始就懶得動彈了，喜歡悶在家裡。相對應著看，女子五十六歲以後，陽氣升騰，晚上和早晨，去看公園裡扭秧歌的人，女性是占多數的。七和八不能亂，如果亂套了，就沒法收拾了。

中國人的生活裡，還有一個核心字——信。信是傳統價值觀，人與人之間被「信」溝通著。臣子的最大心願是取得皇帝的信任，皇帝想的也是如何取信於民。說一個人不三不四，人五人六，是說一個人活得沒有了信譽。亂七八糟更糟糕，是失了天信。

「人而無信，不知其可也」，「信近乎義」。這是孔子對信的態度，一個人活在世上要立信守信。佛門站在另外的視角說信，「信有是有，信無是無」。心誠則靈，指的是要持有信心。還有一個詞叫信根，信根有五個字，「信、進、念、定、慧」。沒有信，不能精進，不精進則無念，不念不定，不定不慧。《華嚴經》裡說，「信為道元功德母，長養一切諸善根。」

信本是簡單的，因爲被不斷地轉換視角，就複雜化了。

老百姓過日子看重的是言而有信，做事情是「靠譜」，還是「離譜」。有一段民間語文，講原深圳市長許宗衡被「雙規」後，家裡巨大的保險櫃誰也打不開。一個中紀委官員見多識廣，說這是極品聲控密碼鎖，密碼多用八個字，專案組成員輪流測試，「芝麻開門，芝麻開門」，「人不爲己，天誅地滅」，「老天保佑，百事平安」等等，無奈屢試屢敗，只好押解許宗衡過來，許市長對著保險櫃，念念有辭，字正腔圓：「清正廉潔，執政爲民。」櫃門應聲大開，裡面滿滿當當一櫃子硬通貨。

《山海經》裡記載的魚和獸，有不少是根據牠自己的叫聲命名的，當時這些動物沒有名字，我們的祖先就臨摹牠的叫聲稱呼牠。「石者之山……有獸焉，其狀如豹而文題白身，名曰孟極，是善伏，其名自呼。」流沙河先生有一段文字，寫得很有趣味。「龍，是形聲字，右旁象龍騰形。左上是童字的省略，童省聲，讀tóng音。左下似月字者爲肉字，表示龍是肉食動物。龍古音tóng，正是揚子鱷夜鳴聲。揚子鱷名龍，古人說這是『其名自呼』。」現實裡的例子多的是，蛐蛐、雀、鴉、鴨、鵝、鳩、鷓鴣、貓、蛇、蛙，都是其名自呼。

清正廉潔，執政爲民，不要成爲官人的自呼。

．兩個故事，一種風範

文天祥《正氣歌》裡的「在齊太史簡，在晉董狐筆」，含著史官守節，秉筆直書的兩個故事。

董狐是晉國的史官。

晉靈公荒政也暴政，「厚斂於民，廣興土木，好為遊戲」。在郊外建了一棟別墅，大種奇花異草，其中桃花最盛，因此取名桃園。晉靈公荒政不荒園，終日在桃園裡取樂。據《左傳》

記載，他有兩個暴政細節。桃園裡有一個高臺，晉靈公在臺上和寵臣搞「飛彈比賽」，靶子是園外的百姓。「中目者勝，中肩者平，不中者以大斗罰之。」「臺上高叫一聲，『看彈！』弓如月滿，彈似流星，人叢中有一人彈去了半隻耳朵，一個彈中了左胛。嚇得百姓每亂驚亂逃，亂嚷亂擠，齊叫道：『彈又來了。』靈公索性教左右會放彈的，一齊都放。那彈丸如雨點一般飛去，百姓躲避不迭，也有破頭的，傷額的，彈出眼烏珠的，打落門牙的。」（《東周列國志》）。第二個細節是殺廚師。一天晉靈公想吃熊掌，酒熱了單等這道大菜，幾番催促後終於端上來了，但肉不太爛，靈公「以銅斗擊殺之，又砍為數段」。當時趙盾是相國，因屢屢上諫引發晉靈公不滿，欲除之而後快。趙盾命大，得以逃亡在外。第二年，武將趙穿在桃園內設計殺了晉靈公，迎趙盾回都城。趙盾以相國之責，擁立新君，晉國開啓晉成公時代。

太史董狐在史書上記述這件事是「趙盾弒其君」。趙盾知道後大驚，反覆解釋這件事和他沒關係。董狐堅持自己的觀點：你是相國，雖然出逃在外，但沒出國境。返回都城也沒有討伐弒君之賊。如果說和你沒關係，誰會相信呢？「是是非非，號為信史，吾頭可斷，此簡不可改也。」（《東周列國志》）孔子對這件事的評價是：「董狐，古之良史也，書法不隱。趙宣子，古之良大夫也，為法受惡。惜也，越竟乃免。」

「在齊太史簡」，寫的是齊國一家三兄弟，一樹三枝，同爲太史。

崔杼是齊莊公倚重的大臣，倚重的方法有點偏，和他的愛妾有私情，還拿這件事奚落他。崔杼把莊公殺了。

齊國太史在史書上記，「崔杼弒其君」，崔杼大怒，把太史殺了。命太史弟弟重寫，還是「崔杼弒其君」，崔杼再怒而殺之。又命太史的小弟弟寫，見仍然是「崔杼弒其君」。崔杼害怕了，刀槍入鞘，知道硬骨頭的史官是殺不完的。

・由史官而史館

中國是最重視史的國家。著史叫治史，和治理國家一樣的分量。也叫修史。修史是什麼意思？從字面理解，歷史不完整、有漏洞，要修補，錯訛的地方，要修正，醜陋的地方，要修飾，要裝修。史被修來修去，找它的真面目越來越難了。

最初，史官的地位很高，像爵位，由皇帝授受，可世襲，可家傳，真正「德藝雙馨」的人才有資格擔任。倉頡是黃帝的史官，早晨造字，晚上記事。但這是傳說，無據可考。中國自商朝開始設立史官制度，史官的職任是如實記錄天子的言行，「左史記言，右史記事」。那個時候，歷史是個人寫作，史官的良心有多厚，史書的分量就有多重。春秋以降，直至秦漢、兩晉，出產了一批才高八斗，肝膽正氣的史官，董狐、齊太史、司馬遷、班固僅是其中的代表。

從前的規矩嚴，史官「據跡實錄」，帝王是不能御覽的，這是「硬性規定」。其中的要義是「君史兩立」，「以史制君」。但皇帝也不是吃軟飯的，爲防患「以史制君」，唐太宗李世民在貞觀三年推出「史館」制度，歷史由個人編撰，「升格」爲集體創作，並由宰相領銜。「總知其務」，史修成後要「書成進御」。史館的「規格」大了，但史的亮度和信度也開始大打折扣了。「史館修史，書成眾手，史才難覓，職任不清，所修史書，文蕪體散。」這種說法不過是一種推辭，最大的弊端是「書成進御」。

「孔子作春秋，亂臣賊子懼」的時代是從唐朝結束的。但史館制度實行的最初一些年，「君史兩立」的遺風還在。貞觀十六年四月裡的一天，李世民想看看記錄他日常行爲的《起居注》，遭到了負責述錄《起居注》的褚遂良的直拒，當時君臣間的對話很有意思，問得直接，答得了當。

「卿記起居，大抵人君得觀之否？」

「今之起居，古之左右史也，善惡必記，戒人主不為非法，未聞天子自觀史也。」

「朕有不善，卿必記耶？」

「守道不如守官，臣職載筆，君舉必書。」

李世民富有明君作派，才有了褚遂良的賢臣骨氣。或者反過來說，有褚遂良這等大臣，才有了改變世界的李世民。

諸葛亮防「以史制君」有他自己的一套辦法，就是不設史官。魏蜀吳三國，只有蜀史官空缺。陳壽在《三國志》裡的評價是，「國不置史，注記無官，是以行事多遺，災異靡書。諸葛亮雖達於為政，凡此之類，猶有未周焉。」

斗轉星移，自唐以後，帝王不僅察看《起居注》一類的日常紀錄，甚而直接主持修史，既當教練員，也當裁判，皇帝是越當越辛苦了。史書越寫越厚，但有了一個大缺憾，「史以醒世」的功能弱了，多了粉世的功能。皇帝修史，地方大員修志，史志成了皇帝以及地方官的專用化妝品。清朝雍正乾隆時期，一些讀書人鬧過一陣子「不讀史」的學潮，在書信和筆記裡，把史寫成屎。《大清見聞錄》裡講了一個笑話：一天，老天爺捂著嘴竊笑，老天奶奶在一旁問，「笑什麼呢？你個老不正經的。」老天爺連笑帶咳嗽著說，「人間又造了兩個字，實在忍不住，不得不笑。」說著張開手，掌心裡寫著兩個字：信史。

・班固的厲害處

班固的籍貫是陝西咸陽人，史載是「扶風安陵」，這裡要做個說明，「扶風」不是今天的扶風縣，安陵也不是戰國時候的安陵國。漢朝建都長安，都城周圍是畿輔要地，設京兆尹、左馮翊、右扶風三個特別行政區管理，時稱三輔。右扶風下轄咸陽、興平一帶。安陵是漢代第二個皇帝劉盈的墓地，劉盈即漢惠帝，呂后所生，一生性格軟弱，唯母命是尊。司馬遷著《史記》甚而不設《惠帝本紀》，而是設《呂太后本紀》。劉盈七歲爲太子，十四歲執大業，二十四歲山崩，葬安陵。安陵在今天的咸陽市渭城區內，東漢時候屬右扶風。

班固一生兩次坐牢，第一次坐牢使他名望大振，第二次把牢底坐穿，死於囚內。

班固世家出身，父親班彪是名太史，著《史記後傳》，父親亡後，班固歸鄉居喪期間修訂重著《太史後傳》，即《漢書》，被「明眼人」告發，以「私改國史」罪名入獄。「陷於斯，顯於斯」、「如此總如此」，這兩句話講的是世事的大因與大果。班固「私改」的國史因才高言重被漢明帝賞識，特赦後授「蘭臺令史」，正式修撰國史。這是班固第一次坐牢。

第二次坐牢要從班固「投筆從戎」以後說起。

竇憲是「外戚專權」的一個典型人物，他妹妹先爲章皇后，即漢章帝的正宮，章帝崩後，繼而竇太后，竇憲以「國舅」之威顯赫當時，他最大的政功是兩次率軍北平匈奴，第一次出兵打到今天的蒙古境內，第二次用兵一直征討到新疆哈密以西。兩次出兵贏來了北方多年的和諧安定。班固與竇憲是「鄉黨」，都是右扶風人。班固追隨竇憲北征西伐，既參謀，也祕書，首次出征時，作《封燕然山銘》，記載北伐的赫然戰功。范仲淹詩中寫過的「燕然未勒歸無計」，指的就是這件事。幾年後竇憲居功欺主，失勢後自戮。班固作爲餘孽入獄，同年死於牢中，時年六十一歲。班固的一生，可以說是生得光榮，死得卻不偉大。

世上有兩種人，男人和女人。有兩件事，文事和武事。武將帶文采的，是增本事。文人有武藝的，也是增本事。但亦文人又武人的，看歷史上的一些人證，人生的結局多有大麻煩。茄子一行豇豆一行。什麼樹結什麼果，嫁接的果樹，比如那種叫「蘋果梨」的，只是暫時的豐產，口感也特殊一些，但樹的晚景不保。

《漢書》是班固的突出貢獻，是中國第一部斷代史。班固的世界觀尙儒，守君臣父子道。他批評司馬遷，「論大道則先黃老，而後六經，序游俠則退處士而進奸雄，述貨殖則崇勢利而羞貧賤」其實這是史家司馬遷世界觀裡的開闊地帶。班固著《漢書》也有「出格」之筆，在寫法上雖說循《春秋》的萍蹤，但《春秋》是時政要聞概述那一類寫法，《漢書》則「言賅事備」，注重細節的飽滿與「殺傷力」。如開卷之作《高帝紀第一上》的開頭一段：

高祖，沛豐邑中陽里人也，姓劉氏。母媼嘗息大澤之陂，夢與神遇。是時雷電晦冥，父太公往視，則見交龍於上。已而有娠，遂產高祖。

做皇帝的，都不是一般人，不是父生母養的，是天子。做臣子的職責是努力找出天生地造的證據。班固是史官，雖守君臣節義，卻也因文心而文膽，寫劉媽媽的受孕過程，一個農婦的雨中「神交」，是劉爸爸親眼見到的。難得的《春秋》筆法，真是從心所欲又不逾矩，向班固同志學習。

信變

信皇帝，是守舊，是僵化。改信總統，就是進步？我看不一定，關鍵還得看怎麼樣去信，具體問題要具體分析。用信皇帝那種心態去信總統，做洋奴才，並不比土奴才高尚多少。

《列子》那本書裡講過周穆王信變的故事。

周穆王叫姬滿，是西周第五位天子，史上尊稱神仙皇帝。他執政很有一套雄才大略，創造了中國歷史上第一個路不拾遺的民富國強時代。最了不起的是，作爲國家的一把手，他很注重培養個人的終極信仰。「周穆王時，西極之國有化人來，入水火，貫金石；反山川，移城邑，乘虛不墜，觸實不礙。千變萬化，不可窮極。既已變物之形，又且易人之慮。」面對這位身懷高科技手段的化人，「穆王敬之若神，事之若君。推路寢（自己的住所）以居之，引三牲以進之，選女樂以娛之」。但這位化人「以為王之宮室卑陋而不可處，王之廚饌腥螻而不可饗，王之嬪御膻惡而不可親」。穆王於是又舉傾國之力爲他造了一所宮寢，「五府為虛，而臺始成。

其高千仞，臨終南之上，號曰中天之臺」。化人仍不以爲然，「猶不舍然，不得已而臨之」。見到穆王悶悶不樂，化人帶著他「訪問」了一次自己的國家，「王執化人之祛，騰而上者，中天乃止」。「化人之宮構以金銀，絡以珠玉；出雲雨之上，而不知下之據，望之若屯雲焉。耳目所觀聽，鼻口所納嘗，皆非人間之有。」化人的居住地是另一番天地，已脫離了地球。陽光不是太陽的，月華不是月亮的，「仰不見日月，俯不見河海。光影所照，王目眩不能得視；音響所來，王耳亂不能得聽」。穆王在這個環境裡根本待不下去，「百骸六藏，悸而不凝。意迷精喪，請化人求還」。穆王的這次訪問是一次神遊，只是打了個盹的工夫，醒過神來後，桌上的稠酒還沒有沉澱清澈，菜肴也未涼。「酒未清，肴未昲。」化人據實告訴穆王，「我在你這裡住得不舒服，就像你在我那裡住得不舒服」。

日月不同，信仰差異。穆王意識到這個道理，駕乘自己的八匹寶馬，西去崑崙山。這八匹曠世寶馬，分別叫赤驥，盜驪，白義，逾輪，山子，渠黃，華騮，綠耳。駕馬的師傅是造父和離孏。在崑崙之巔，「以觀黃帝之宮；而封之以詒後世」。王母娘娘在瑤池設宴厚待，還親自唱歌，「王和之，其辭哀焉」。穆王所哀，該是遲了這麼久才找到自己的靈魂寄託吧。

神話不同於人間話之處，是既可以當成無上妙語，也可以看做純粹扯閒篇。關於穆王西去崑崙的這一段傳說，後世有多種解讀，其中一種是，身爲天子，不帶領老百姓一心一意謀發展，聚精會神搞建設，而去四處閒逛。「瑤池西赴王母宴，七廟經年不親薦。璧臺南與盛姬遊，明堂不復朝諸侯。」詩是好詩，卻是人間話。一個普通人建立個人信仰是重要的，大人物應該更重要。

玉皇大帝住什麼房子

玉皇大帝住什麼房子？吳承恩在《西遊記》裡是按塵間帝王的樣子設計的。吳承恩是明朝嘉靖年間的貢生，最高職位做到縣丞，縣丞是縣令的助手，老百姓尊稱「八品縣丞」。如今的作家掛職鍛鍊，也多任縣丞級。《聊齋誌異》的捉筆人蒲松齡是清朝的貢生，他官至縣學的「儒學訓導」，相當於縣黨校副校長。職位是虛設，因而才有閒心情去搜集那麼多閒聞野趣。貢生還有一個別稱，叫舉人副榜，兩位名駐青史的超一流作家學歷都不算高，但寫作的大思路比較接近，都是旁走一轍，異想天開。神仙鬼怪的行爲方式，臨摹著人間煙火的標準，佛也受賄，鬼也多情。玉帝是天尊，在吳承恩的筆下享受的卻是人間天子的住房待遇，該算屈尊。吳承恩級別低，當年沒有機會親眼去看皇帝住什麼樣房子，因此玉帝的住處也多是虛寫。天庭裡君臣答對也是依著宮廷廷對樣子，這一套他比較熟悉，沒吃過羊肉，但羊怎麼走他是知道的。稱玉帝也叫萬歲，「『萬歲，通明殿外有東海龍王敖廣進表，聽天尊宣詔。』玉帝傳旨，著宣來。」皇上的住處叫宮殿，這是硬性規定。但比皇上級別高的，就不方便再叫別的了，想像力高卻不逾矩，這是中國人的文統意識。遇到高的不知怎麼辦，遇到低的敢於放開手提拔。比如美國總統的住處，英文叫白房子（White House），含著與民同樂的平等意思，但我們的翻譯界卻譯爲「白宮」。再比如，嬰兒出生前的住處，叫子宮。每個人出生前都是享受帝王待遇的，這是中國人的人生觀，「天之大德曰生」。普通人家的孩子出生叫落草，因爲普通人的大名叫草民。

舊小說在舊文學裡是不入流的，上不了大席面。小說的名稱以小字開頭，不是自謙，不是小的如何如何的意思。叫小說是舊文學觀。散文是立言，是樹人，是文之正。小說是閒情逸致，是純粹的業餘寫作。用流行過的那個詞說，散文是大我，小說是小我。舊小說的基礎是街巷掌故和鄉野故事，寫作形式受評書的直接影響，因此小說的結構形式以「回」分列，每一章結束的那句話是「且聽下回分解」，接下來新的一章又以「上回說到」開始。中國的舊小說在世界文學史裡是最具聽覺效果的，舊小說寫家最大的虛榮是被一流的說書人選中。如今的新小說追求視覺效果，進電視，入電影院，一部小說被名導演選中，名頭再重的作家也要偷著樂幾回。時代變遷了，新舊小說已經完全是兩回事，如今的小說是新文學裡的正果，是正宗。一個人寫了幾本散文，幾本詩，分量上是比不過一本小說的。稍有一點點遺憾的，是小說這個名稱，當兵打仗時叫二狗，如今做了上將軍，名字也該換換了。

中國舊小說裡有三種東西，讓外國的讀者不太好理解。一是傳奇志異類的，仙女，狐或蛇主動變幻成人形，目的是享受人世的美好生活。在他們的童話和傳說裡，則是由人變成動物，其中有一些是巫術導致的，但結局是良心和正義占了上風，真相大白後，還要變回去。我們的就不變了，除非犯了錯誤，或本事太大，引起了神鬼界的不滿。鬼怪爲擺脫陰暗的日子到人間還好理解一些，不好理解的是，鬼怪又出奇的美麗和善良，仙女思凡的細節更不好接受，在國外人的認識裡，神就是神，在天堂大門的那一邊，偶爾出來做些善事還可以，到這邊來過日子是純粹的中國製造。一位搞文學研究的洋鬼子這麼寫：在中國小說裡，大的神要設法管住小的神，尤其是漂亮的女神，不讓他們嫁到人間。

第二種是老實人形象。一個男人其貌不揚，本事稀鬆平常，日子過得也寒酸，最大的優點是老實本分。突然有一天，仙女或狐仙、蛇仙出現了，想盡一切方法，衝破層層阻隔終於嫁給了他。這種事被洋鬼子讀成是中國的說教智慧。他們知道吃不到葡萄說酸的故事，但不知道中國還有一個成語，叫望梅止渴。

第三種是舊小說敘述形式裡的開頭詩和結尾詩。一個洋文章解讀爲，「小說開頭的詩介紹故事梗概，這是出版商做的事。小說告一段落或結尾的詩是道德評點，但這可不是好的書評人樂於做的事。」另一個文章說得好聽一些，中國小說裡開頭和結尾的詩，「似乎是敘述的護艦隊和衛兵」。

舊小說儘管有不少「陋習」，但讀著真過癮、真文學，也真中國化。僅僅是讀著文字，都是一種大享受。因爲愛讀這些「舊貨」，對評論這些「舊貨」的文字也捎帶著看一點。洋行家寫的沒什麼意思，他們對中國文化的底子知道得太少。我們自己新行家寫的也不太喜歡，新行家用的也多是「先鋒」的洋理論，夾雜著半生半熟的譯文體的學術單詞，不對味兒，感覺是用製裁西裝的尺子比量唐裝。現在不少工廠都在講「本土化」的話題，貼牌生產的產品在大幅減少，好像文學研究界這邊動靜不太大。

最近一位退下來的重要領導，要我推薦幾本小說，我買了一套「禁毀小說」送給他，厚厚的十大本，是幾十部明清小說的合集。一周過後，他告訴我，「好呀，好呀，真是好。」他說現在的小說虛假，但膽子大，不熟悉的都敢寫，列舉了幾本「著名的反腐小說」的名目。他說得有趣，「細節不真實，開會不是那麼開會，受賄也不是那麼受賄，這幾位作家對中國政治不太在行」。我告訴這位省上領導，這怪不得作家，作家掛職才是副縣級，要是掛上副總理就熟悉生活了。

吳承恩真是了不起，對於不熟悉的生活，他不敢把筆落得太細緻。

樹和碑

湯陰做爲縣的名字，被稱呼了兩千三百年左右，可以追究到西漢初年。由漢再往上行，這片土地上發生的事情多數已被歷史的灰塵掩蓋住了，但有些仍然模糊可見。戰國時期，這裡是《詩經》邶風吹拂的地方。在周代，是文王受難紀念地。在商代，是國家監獄所在地。在夏代，縹縹緲緲地只剩下了一段關於龍的傳說。

老地方要有老字號。老字號如同一部好小說裡的好細節，讓老地方生動而且持久。湯陰最富盛名的老字號有兩個，一是「文王拘而演周易」的羑里城，一是岳忠武王廟。今天的羑里城早已沒有了商代國家監獄的血腥氣，樹木茂盛，光長影短。武穆將軍岳飛身前威武，身後也威武，廟內廊亭疏闊，碑碣林立，現有碑存三百四十二塊。樹往上生長，長的是無量的功德，碑碣朝下栽，栽種的是教訓和紀念。二〇〇九年八月，拜謁過兩處老字號後，我寫了一句順口溜：文王堂前樹，武穆院裡碑。一方一世界，各自生光輝。

・我們從周文王身上繼承了什麼

細算一下，我們從周文王身上真是繼承了不少大的遺產。《易經》是一例，「以禮入教」是另一例。中國人沒有土產的宗教，但不能總是敬鬼神而遠之。這麼廣袤的土地，這麼多的人口，怎麼樣才能更好的一統治理？以禮入教，以德治國，以人心的和諧維持政府的存在是周文王的大膽發明。還有做爲國家機器框架的「周禮六官」。自周之後，後續朝代政府部門的職能分類，包括今天現行的國家機構的職能設置，鼻祖都在周朝。

周文王是黃帝的直系血脈。據《史記・周本紀》的說法，后稷是黃帝之后，后稷生不窋，不窋生鞠，鞠生公劉，而後慶節、皇仆、差弗、毀隃、公非、高圉、亞圉、公叔祖類，直至古公亶父生季歷，季歷生姬昌，姬昌就是周文王。「黃帝二十五子，得其姓者十四人」（《史記・五帝本紀》），坊間傳說周文王兒子總數過百，但有記載的只是十七位，其中長子，次子，四子名氣最大。長子是伯邑考，就是文王身陷國家監獄羑里城時，被商紂王做成肉湯的那位，文王無奈中喝下旋即吐出，至今在羑里城還有「吐兒冢」，吐兒與兔兒諧音，做兔肉的生意人不要去湯陰，天下只有那一片地方敬重兔子爲神物。次子姬發，即周武王。四子周公旦是周禮的總設計師，「我周公，作周禮，著六官，有政體」（《三字經》）。周公的封地在魯國，西周的典章禮制在魯國實施得最得體，孔子早年曾以「相禮」爲職業，一直到晚年，他的核心思想仍是「克己復禮」。

周文王實行的是老人政治，且獲得了極大成功。文王大概生於西元前一一四七年，出生地是岐下（今陝西省岐山縣）。繼西伯位時已經四十五歲，八十二歲那年被商紂王拘禁羑里，「拘而演周易」，演周易是高密度的強腦力工作，「閒坐小窗讀《易經》，不知春去已多時」。八卦指乾坤巽震坎離艮兌，即天地雷風水火山澤，古人用此八種自然狀態結構世界，這是中國人最早的宇宙觀，是中國的大智慧。周文王用七年的時間對先天八卦（伏羲八卦）進行重新定位和繼承思考，由八卦演繹爲六十四卦。孔子給《周易》的評價是「潔靜精微，易之教也」，潔靜是頭腦冷靜，精微是思維縝密。一個人到了八十二歲高齡，仍保持著如此旺盛而嚴謹的思辨力，不得不承認是得天獨厚，得了在天之靈。九十歲文王邁步出牢監，九十三歲訪得曠世賢相姜太公，姜太公那一年也已經八十二歲，兩位白髮老人大袖飄飄走天下，用今天那句俗不可耐的俗話說，真是「一道亮麗的風景線」。

文王九十七歲山崩，一生恪守西伯位，稱霸不稱王，「順商而治」是他的道德底線，「武王伐紂」是他身後的事。文王是武王姬發頒發給他的謚號，生前他並不以這樣的稱號自勉。

文王出獄使用的手段也是留給後世的「精神遺產」。商紂王因爲西伯姬昌深得民心，擔心眾望所歸才拘而禁之的，就如同蔣介石拘禁張學良，也是準備一生「不放虎」的。但文王遠比張學良高明，用美女、珍寶、從事學術工作（演易）三大法寶，換得了自由身。韜光養晦這個詞，被周文王用至極致。

清人黃履平有〈文王贊〉詩二首，讀著讓人心曠神不怡：「獨立不懼，開物成務。王臣蹇蹇，匪躬之故。用說桎梏，利用行師。先否後喜，文王以之。柔順利貞，用晦而明。作易憂患。因二濟行，聖人之情。與天地準，大德曰生。」

・三百六十行的由來

三百六十行，行行出狀元。行是職業，是工種。舊說法有肉肆行、醬料行、魚行、鐵器行、茶行、藥行、紙行、衣行、宮粉行等等。三百六十行這個具體數字，出處在《周禮》的六官。

六官是周代政府機構的六種設置，天官冢宰，地官司徒，春官宗伯，夏官司馬，秋官司寇，冬官司空。唐朝的機構設置爲「三省六部」，三省是中書省、門下省、尚書省。六部爲吏、戶、禮、兵、刑、工，由尙書省統治。
天官冢宰「掌邦治，均邦國」，是治官，下轄六十三官。
地官司徒「掌邦教，撫邦國」，是教官，下轄七十八官。
春官宗伯「掌邦禮，和邦國」，是禮官，下轄七十官。
夏官司馬「掌邦政，平邦國」，是政官，下轄六十九官。
秋官司寇「掌邦禁」，是刑官，下轄六十六官。
冬官司空是事官，但司空原文在漢代漫失，後以〈考工記〉補入，下轄三十官。
六官合數爲三百七十六，因司空一文無實考，天下的職業泛稱三百六十行。

・《易》的通變與不變

《易》是一部講通變與不變的書。

世上的事和物，沒有一樣是不變的，每一種都在變，每一時刻都在變。我們走在路上，每走一步，吹在身上的風是不一樣的。我們游在河裡，每向前划一下，流經身體的水是不一樣的。便是我們不在其中，風和水仍然在那裡變化，籠罩並影響著人們的生活。《易》告訴我們，這個世界上，每一時都在出新，每一刻都在推陳。這就是通變。

知道了變，是尊重自然。僅僅尊重自然是不夠的，找出變化規律才叫認識自然。水往低處流是規律，天地間的晝夜交替是規律，一棵樹在一年裡春花秋實，葉生葉落是規律。由物的規律再比照出人與事的規律，做到這一點，就叫提高了認識。周文王了不起的成就，就在於用八種自然狀態之間的糾葛去比照著尋找天、地、物之間的變化規律。

周文王另一個突出貢獻，是告訴人們，事物都在變化這一原則是不變的。萬變不離其宗，造物主是不變的。一切的變是在這個不變的基礎上運行的。

孔子對《易》的頌揚是「潔靜精微」。對《易》的擔心是「其失也，賊」。我理解有兩層含義，一是研究《易》要走正路，心機要純正，要把學到的東西運用到有益於人、有益於社會的領域。二是研究《易》要走大路，走寬敞路，要領略《易》的大義。僅用易來求籤問卜，預測人生，不是恢揚《易》的光輝。

・德藝雙馨的岳飛

周文王出生時，有一隻赤鳥落在房頂上，爺爺古公亶父看見了大喜，認爲是有「聖瑞」。

岳飛出生的時候，有一隻大鳥從屋頂上飛鳴而過，父親給他取名岳飛。這是皇家和普通人家在世界觀上的區別。

岳飛一生戰功赫赫，盡忠報國，有德有藝。身前是一代名將，身後是忠孝精神的領袖，雖沒有善終，卻廣得善後。一首〈滿江紅〉讓後世的百姓振奮，一句「文臣不愛錢，武臣不惜命，天下當太平」，讓後世的臣子汗顏。清人何金壽「乃文乃武」四個大字，至今高懸岳飛廟的門楣。

岳飛廟建自明代，明清兩朝多次修繕，清朝似乎更重視一些，乾隆皇帝祭掃一次，存〈經岳武穆祠〉詩一首，光緒皇帝和慈禧太后分別題寫「百戰神威」、「忠靈未泯」匾額。民國時期的一九三四年，時任湯陰縣長的段國棟倡議重修，「圮者直，缺者完，朽者堅，黝者丹堊。孝娥殿舊毀於火，重建如故」。自岳飛廟建立，人爲的大規模破壞只有一九六六年開始的「文化大革命」。「造反派在破四舊的口號下，對岳飛廟各項設施進行了嚴重破壞。岳飛及其他塑像被拉倒；施全銅像被送到工廠熔化；秦檜等五具鐵跪像也被送去熔煉；所有匾額、楹聯被摘掉；古建築上的琉璃構件被毀；碑碣大部分被推翻，有的被砸毀。某『造反司令部』駐進岳飛廟。一九六九年，縣文化館、展覽館遷入岳飛廟。為減少岳飛廟的文物損失，工作人員把零散的碑刻埋藏在地下，將正殿前數通高大的碑刻和乾隆御碑用磚砌成牆，抹光牆面，寫上毛澤東詩詞和『革命標語』。正殿、寢殿分別辦成『雷鋒事跡展覽』和『農業展覽』。孝娥祠改為『圖書館』，三代祠、岳雲祠、四子祠、岳珂祠、張憲祠改作辦公室或者職工住室，正殿院兩廂房辦成『階級教育展覽室』，仿照四川劉文彩收租院的形式泥塑人物一百零四個。岳飛廟至此變得面目全非。」（《岳飛廟志》）

一九七九年開始翻新重建，又因為滲入了旅遊參觀門票受益諸因素，規模與建制包括承建的動機，沒有超過明清兩朝。歷史是醒世的，但以實用的態度對待歷史，醒世的功能就被打了折扣。

黃帝的三十年之悟

據醫生說，人的腦髓是一種灰色的物質。

灰色是不動聲色，包羅萬象。黑和白摻和在一起是灰，紅黃藍摻和在一起還是灰。顏色越雜，灰得越沉。物質，當然還有思想，充分燃燒之後是灰的。天破曉，地之初是灰的。天蒼蒼，野茫茫，蒼和茫都閃爍著灰的光質。在希望和失望的交叉地帶上，是一覽無餘的灰色。一個人哪，灰什麼都行，心萬萬不能灰的，心要透亮，不能雜蕪。

中國人做事情，強調用腦子，不僅講能力，講水平，還講究上境界。上了境界叫超一流。一本好書，一幅好畫，一支好曲子帶給我們的益處自不待言。超一流的木匠、裁縫、廚子可以極大地優化我們的生存質量。再往實惠裡說，經濟上忽冷忽熱是缺乏上境界的經濟家，國家邊疆滋事紛紛是缺乏上境界的軍事家，民怨載道是缺乏上境界的政治家。做事情上境界，不僅是把這件事做好了，還捕捉到了做這類事的規律。

中國人真正相信的東西其實不多，但對黃帝，是骨子裡自發的迷信，著迷一般的堅信。無論海內的，還是海外的，只要是華人都自傲爲他的子孫，附庸其後。黃帝是中國歷史上唯一一位不被爭議的國家領導人，既領袖當年，也滋潤著幾千年以降的民心民願。

傳說中黃帝在位五十八年。那時候還沒有史書，他老人家正在致力於發明文字，啓動國家掃盲工程不是使民識字，而是一個一個製造漢字。沒有史書，不能叫史載，只好傳說。我們現在所知道的黃帝的豐功偉績，都是傳說。黃帝履任的前十五年，和後朝的多數皇帝差不多，不斷地樹立個人威信，喜歡被緊密圍繞，也吃喝玩樂什麼的，「喜天下戴己，養正命，娛耳目，供鼻口」。第二個十五年黃帝真的幹活了，「憂天下之不治，竭聰明，進智力，營百姓」。一心一意謀發展，聚精會神搞建設。立國三十年的時候，當時的大中華呈現了一片表面繁榮的局面。到了這個節骨眼上，黃帝顯示出了超凡脫俗的一面，開始了由治國到治世的思考，長考了三個月。「放萬機，舍宮寢，去直侍，撤鐘懸，減廚膳，退而閒居大庭之館，齋心服形，三月不親政事。」齋心服形這個詞要注意，吃齋，不是一股勁地吃素食，而是養齋心。牛馬大象一輩子都吃素的，仍然牛馬大象而已。

黃帝的了不起在於構建了完全中國化的政治理想。他的政治理想不是一個觀念，或幾個代表，而是實實在在的國家藍圖。這個藍圖是他夢中到過的「華胥國」，「其國無帥長，自然而己；其民無嗜欲，自然而已。不知樂生，不知惡死，故無夭殤；不知親己，不知疏物，故無愛憎；不知背逆，不知向順，故無利害；都無所愛惜，都無所畏忌。」黃帝是最早提出民權民生民本的政治家。黃帝思考成熟了之後，召集「天老、力牧、太山稽」等幾位重要閣僚，告知他們，以後就照著這張圖紙去幹吧。「又二十八年，天下大治，幾若華胥氏之國。」

黃帝告誡大臣還有一句核心的話，「今知至道不可以情求矣，朕知之矣！朕得之矣！」情是人欲，人之常情是要認真對待的，但要站在更高的層面去思考這個問題。這句話真現代，經濟泡沫是什麼？就是人欲的泡沫。通貨膨脹這個詞的文學表達叫物欲橫流。

多士

〈多士〉是周公的一篇講話實錄，記錄於《尙書》內。

周公是中國大宰相的開端人物，有智慧、有胸襟、有境界，也有感情。如果歷史記載可靠的話，後朝的芸芸宰相裡，可以這麼說，無出其右者。周公是文王第四子，武王胞弟，「自文王在時，旦（周公）為子孝，篤仁，異於群子，及武王即位，旦常輔翼武王，用事居多」（《史記》）。周公輔佐武王襄定天下，翦滅殷商後，且行仁政，封商紂之子武庚於商地，「以續殷祀」，派兄弟管叔、蔡叔、霍叔撫民監國。武王山崩，其子姬誦即位周成王，「成王少，在彊葆之中」（《史記》），周公「攝行政當國」。此期間，「三監」與武庚趁「主幼」謀叛，周公率軍平反除奸，爲絕後患，把殷商名門舊臣等一大批「精英分子」整體西遷至「洛邑」（今洛陽域內），「移民」工作結束後，周公給這批精英分子做了一次集體談話，即是〈多士〉。多士是周公對這群人的雅稱，相當於現代稱呼裡的「各位」，史書裡記作「殷頑民」，「成周既成，洛陽下都，遷殷頑民，殷大夫士心不則（測）德義之經，故徙近王朝教誨之。」

周公是周朝政治的總設計師。創制之一是「嫡長子繼帝位，餘子分封制」，商朝大位的傳承以「兄終弟及」爲先。（三監與武庚的叛亂，初因亦是基於商朝這種傳脈元素，以爲周公名爲攝政，實爲謀國）。創制之二是封建制與宗法關係融合，每個諸侯國均建宗廟，推崇「明德有序，孝友為宗」。「其始祖被全疆域人眾供奉，保持一種準親屬關係」（黃仁宇語）。國家的精神文明建設不在口頭上，也不在表面形式上，而是與人們的日常生活相關聯，把樹根扎在具體的泥土之中。外在的疆域廣大，由內在的道德認知充和，這一模式被後世的孔子歸納爲「禮」，且由禮而理，漸而繁育爲中國傳統文化精神的核。孔子講的「克己復禮」，含義即在此。

〈多士〉這篇演講辭，講了三方面內容：一是紂王不敬天，暴虐，不遵湯法，亂德。商湯滅夏桀建立殷商，是應天而爲，從商湯到帝乙三十位帝君不敢違背天德，也能夠與天一樣給予民恩澤。「自成湯至帝乙……殷王亦罔敢失帝，罔不配天其澤。」紂王反其道而行，上天才降下喪亡大禍。「惟時上帝不保，降若茲大喪。」二是殷人不明。周取代殷商與殷商代夏一樣，是順天而爲，但你們不服從周的治理，發動叛亂，這是把你們移民到這裡的原因。第三點就有點語重心長的意思了，殷人是有歷史文獻的，記載得也詳盡，殷滅亡夏之後，曾選拔留用舊臣擔任官職。但我如今不能任用你們，而且要剝奪你們的政治權力，但不傷害你們，並且赦免你們的罪。洛邑是一座大城，以後會做爲周的王都，你們生活在這裡，給你們土地，讓你們安居樂業。最後還講了一句祝福的話，「爾小子乃興，從爾遷。」如果你們順從周治，你們的後輩將會興旺發達，也會恢復政治權力，從你們遷居此地之日開始。

在我們中國，一個朝代剛建立，對待前朝舊臣有逆心逆行的，多數是趕盡殺絕的。從這一點上講，周公確實有大政治家的胸襟與遠見，也開創了政府處置不同政見者的成功範例。

職官

古代的職官，基本上一個蘿蔔一個坑。沒有坑的蘿蔔，叫散官，相當於今天的巡視員和調研員。個別皇帝，因爲特別重視某個坑，也有不安插蘿蔔的特例。但更多的皇帝，喜歡給自己偏愛的蘿蔔額外挖個坑。

「我周公，作周禮，著六官，存治體」，《三字經》裡說的《禮記》六官是，「天官（大冢宰）、地官（大司徒）、春官（大宗伯）、夏官（大司馬）、秋官（大司寇）、冬官（大司空）」。職能與職位對應著後朝的六部：吏部（天官，掌官吏任免，銓敘，考績，升降）、戶部（地官，掌土地，戶政，賦稅，財政）、禮部（春官，掌典禮，科舉，學校）、兵部（夏官，掌軍政）、刑部（秋官，掌刑法，獄訟）、工部（冬官，掌工程，營造，屯田，水利）。

戰國時候，諸侯國君下設相將，分掌文武二柄。秦朝在丞相府，太尉府之外，設御史大夫寺，御史大夫是皇帝的祕書長，兼管監察，旨在分散相權。到秦二世時期，這一招失靈了，相權控制了皇權，這是秦朝早夭的原因之一。後朝汲取沉重的教訓，把削弱相權做頭等國事對待。曹丕（魏文帝）把尚書改爲外圍的執行機構，設置中書監，參掌中樞機密，類似今天的書記處。南北朝皇帝擔心中書省做大做強，以近侍爲班底，設置門下省，形成尚書、中書、門下三省分職的制度，中書取旨，門下審核，尚書執行，三省長官同爲宰相，共事國政。

中國舊的官吏史，多半是皇帝與宰相的勾心鬥角史。李世民制約相權的辦法比較靈活，也有創意。他自己任過尚書令，且是在這個職位上取得天下的，因而他的任上這個職位長期空缺。在中書令和侍中之外，隨機設立機動職務。他是「祕書政治」和「顧問政治」的發明人。具體做法是，給能力強但職位低的官員加授「參議朝政」、「參議得失」、「參議政事」之類的頭銜，掌握宰相實職。今天的政府機構，也有「參事」這樣的職位，但僅僅是政治待遇，是虛位。在唐朝，參事是真的參加國策的制定與執行的。相當於美國總統「國家安全顧問」、「亞洲政策顧問」，縱然不是一言九鼎，四五鼎還是有的。

臺官和諫官也在中國舊政治的核心區。臺官是監察官，對百官進行糾彈。首長叫御史大夫，或御史中丞，明清的監察機構叫都察院。御史臺又稱憲臺，肅政臺。諫官對皇帝進行規諫，西漢稱諫大夫，東漢稱諫議大夫。到宋代之後，臺諫合流，槍口一致朝向百官，對皇帝的制約就不復存在了。

宋代是中國舊政治的一個分水嶺，在此之前，弱勢的皇權是可動搖的，比如趙高之於秦二世，王莽之於漢平帝，李世民之於李淵。宋代之後，皇權遮天蔽日，再低能的皇上也是高枕無憂的。

《禮記》裡有一句話，「禮不下庶人，刑不上大夫。」在現代的解釋裡有誤區，被曲意爲蔑視百姓，官吏享受特權。《禮記》的原義是，對平民百姓不要強調禮的形式，窮苦人家沒有那麼多講究。對違法的官員不要強調刑罰的形式，該撤就撤，該殺就殺。但批倒則已，不宜批臭。身可敗，名不必裂。昭示違法官員的斑斑劣跡，會傷及國民對國體的信任。

什麼樣的人才可以進政府任職，一國的政權該交付予哪些人，是國家的第一要義。以前好的朝代在這件大事上都是做得好的，這是盛世的基礎。以前選人才的舊辦法，是察舉制、清議制和科舉制。今天是選舉制，也有公務員考試制度。制度是一回事，但把制度實施好是另一回事。以前的好朝代裡，舊官吏的任職，資格與資歷的界定是比較清楚明確的，什麼樣的人做縣太爺，什麼樣的人任職州府，基本透明，守著一個大準則。今天社會昌達，公務員水平都高，不講究這個，也不太在乎這個。舊官吏俗名叫父母官。今天謙稱人民公僕，從這一點上去看，區別真是夠大的。

反粒子

先說個老故事，或許叫寓言更恰當些。其實，寓言就是下潛了深度的故事。

背景是戰國初年，故事的因起是一位陝西人，依當年的身分叫秦人。秦人姓逄，逄家有個兒子小時候是神童，早慧。但長大以後卻患了「迷惘之疾」，「聞歌以為哭，視白以為黑，饗食以為朽，嘗甘以為苦，行非以為是。意之所之，天地四方，水火寒暑，無不倒錯者焉。」小逄得的是顛倒黑白，混淆是非病，是思想病。老逄很著急，打聽到魯國有一位大名鼎鼎的「君子」，是專治這種病的行家（故事裡沒有明說，估計指孔子），就帶著小逄出國看病。途經陳國時偶遇老子，有病亂投醫，先請老子給瞧瞧。老逄這個人身分不低，至少是重量級公務員，可以隨時隨地約見大腕級文化人。

老子了解了小逄的情況後，對老逄說了一通別開生面的話，對今天極富啟示。老子開門見山講了兩層意思。第一層是詰問老逄，你憑什麼判斷這種情況是病呢？如今天下普遍「惑於是非，昏於利害，同疾者多，故莫有能覺者」。這句話很厲害，如果是病，也是社會流行病，是通病。如果不是人病，那一定是社會病了。如同今天評判社會百態的那句話。價值觀混亂，導致社會認識底線和道德底線下行。

老子講的第二層意思是：一個人價值觀迷惘了，對一個家庭不算什麼。一個家庭迷惘了，對一個村子不算什麼。一個村子迷惘了，對一個國家不算什麼。一個國家迷惘了，對整個世界不算什麼。整個世界迷惘了，那也是一種社會大同。如果天下人都和小逢一樣，你老逢就成了迷惘症患者。老子的結束語是，我這種認識「未必非迷」，但我知道，魯國那位「君子」，是迷惘的集大成者，根本幫不了你兒子，趁著還沒走多遠，給盤纏留點面子，節省下來打道回府吧，「榮汝之糧，不若遄歸也」。

《列子》裡的這個故事沒有下文，也沒有交代老逢去沒去魯國。好寓言的價值，就在於激活認識領域的多種可能。

反粒子是現代物理學裡的一個概念，我對此一竅不通，從課本裡抄來一句釋詞：「在原子核以下層次的物質的單獨形態，以及輕子和光子，統稱爲粒子。所有的粒子，都有與其質量、壽命、自旋、同位旋相同，但電荷、重子數、輕子數，奇異數等量子數異號的粒子存在，稱爲該種粒子的反粒子。除了某些中性玻色子外，粒子和反粒子是兩種不同的粒子。」一位學物理的學生告訴我：粒子和反粒子是上世紀三〇年代人類對物質的認識成果。九〇年代之後有了延續，又捕獲了反物質。粒子和反粒子都是正常的物質存在，卻是兩種存在方向。粒子和反粒子相遇的話，就可怕了，兩相湮滅，爆發出核反應，釋放出極端能量。

我對反粒子膚淺的理解是，有一個正數，就有一個相對應的負數，中間至少隔著一個零。正數和負數不是一分爲二那個層面，更不是正數是正確的，負數是倒行逆施，有時恰恰相反。負數的可貴之處，在於難被發現，難被捕捉。人們整天爲正數奔忙，疏忽了相對應的那個客觀存在，就埋下「昏於利害」的種子。

道理

道是講理的，也是有自己規律的。

道這個字，頭在上，腿腳在下，思想與踐行融爲一體。空想，瞎琢磨，或本本主義，唱高調都不是道，低頭拉車不看路，也不是道。每一條路都是有方向的，要用腦子去辨識。「摸著石頭過河」不是硬道理，是特殊情況下無奈的舉措，是心裡沒數時才使用的務實辦法。中國人愛用走路比喻人生一世。「行路難」，是人活著不容易。「破萬卷書，行萬里路」，僅僅多念書不夠，要經歷世事，多加歷練。還有坊間那句自吹自擂的話：「我過的橋比你走的路多。」橋是路的斷裂地帶，是事故多發區，是人生的麻煩處和要緊處，智慧者是在經過這種路況時才顯出過人之處的。以前對皇帝有「明君」和「昏君」的判斷，明君不是事事明瞭，而是對波及國家命脈的大事摸得準，把得牢，拎得清。歷史上有多位昏君，平常日子都明白著呢，只是每逢大事才糊塗。

人生卑微，不如草芥，草芥有根呢，枯了可再榮，年復一年蔥蘢度日。人沒有根，死了就死了。如果不想一了百了，就多做些事情。人做事情就是給自己扎根，做大事，是扎深一點的根，根深，枝葉自然繁茂。青史駐名的那些大人物，就是把自己置根在世道人心裡邊了。

道貌岸然，是表面現象。道法自然，大道無形，指道的複雜和無量。但道不是虛無縹緲的，道是人間道，道的地基是常識，是尋常生活裡過濾出來的認識和見識。

孔子多次在水邊給學生上公開課，見到現實的場景，小題大做，展開他滄桑的心路。典型的有兩次，一次是在波濤洶湧的河段見到一位「操之若神」的船夫，一次是見到激流漩渦裡淋漓暢快的泳者。孔子用「輕水」和「忘水」點評船夫，「輕水」是了解水，掌握了水的性格才可以做船夫。「忘水」是和水打成一片，像魚那樣融於水。一條船翻了，落水的人可能驚慌失措，但船艙裡的魚有得水之樂呢。孔子向技藝高絕的泳者提出問題，引導泳者沿著問題思路回答。泳者說：我是在水邊長大的，在山靠山，在水吃水，慢慢的，水就是我的命了。孔子得出的結論是，成就事業者，都是找到自己本命的人。

世道裡有人心。孔子的自我評價是：「**吾少也賤，故多能鄙事。**」這不是故意低姿態，是老僧的家常話呢。

匠

匠，是個會意字，本意單指木匠。

「匚」，是右邊開口的箱子，可以背在背上。「斤」，斧子，泛指木匠工具。《莊子》有「匠石運斤」的典故，一個人鼻尖上蹭了一點白，不知是什麼東西，很頑固，相當於今天的白乳膠吧。匠石，是名字叫石的木匠，揮起斧子幫那人把白點砍掉了。「匠石運斤成風，聽而斫之，盡堊而鼻不傷。」這個小故事，講述了一次高超的絕技表演。匠這個字後來發達了，代指手藝，鐵匠、石匠、畫匠、剃頭匠、泥瓦匠、裝裱匠。匠是技術扎實，匠心那個詞指嫻熟之後的巧，巧也是創意，是得心應手。莊子很重視基本功過硬的人，匠石運斤是一例，庖丁解牛那個典故是另一例。

今天的風氣，不太強調基本功，因此博士繁多，技術工人奇少。不僅大學裡有博士，政府和生意場裡也層出不窮。上周末去參加一對博士的婚禮，硬讓我說話，我就祝願早日生個博士後出來，同桌的人一齊嚷著要罰酒，因爲這幾位都是博士後。「走出中國，走向世界」這句話，也該掂量掂量，像不安心過日子人說話的口氣。還是那兩句老話持久，實實在在，也中規中矩，一句是「打鐵還須自身硬」，一句是「酒香不怕巷子深」。

仇英是明代開新風氣的畫家，是了不起的大人物。他對色彩的運用，到今天也少有人能比肩。仇英出身是油漆匠，也是畫匠，畫匠在舊社會裡是用途很廣的手工業，大戶人家的亭臺樓閣要雕梁畫棟，平頭百姓過日子用的許多東西也離不開，裝糧的櫃子，放衣物的箱子，姑娘出嫁的梳頭匣子，還有亡人的棺材等等。畫亭臺樓閣是又累又髒的活，整天蹬著梯子縮在屋簷下，其中有一個工作細節很具體，也很辛苦。顏料盒子是拎在手裡的，但滋潤筆尖要依靠嘴唇，因爲是彩繪，收工後從椅子上下來，嘴唇都是五彩斑斕的。坊間形容「四大髒」，話頭很粗，「禿子頭，連瘡腿，娘們×，畫匠嘴」。仇英就是幹這個活的，他的畫裡的色彩，鮮活得能洋溢出味道，和他的職業密不可分。

仇英有著名的仿畫《清明上河圖》，是得宋人張擇端的啓發之作。兩幅《清明上河圖》區別很大。首先是背景不同，一是開封，是北方的市井百態。一是蘇州，爲水鄉的民風世相。仇英的畫中人有兩千多位，張擇端爲五百八十多位，但有「動物十三種，植物九種，車轎二十乘，大小船二十艘」。張擇端的作品渾然厚實，仇英的豐富多姿，但結構嚴密，仇英還是界畫的代表人物，結構上的巧奪天工是他的基本功。兩幅畫有一處相同，都被皇帝貪愛。張擇端的畫原爲無題之作，宋徽宗親筆題「清明上河圖」。仇英的畫被末代清帝溥儀私藏，一九四五年外逃時，被扔在了瀋陽機場。

摹仿的作品創出新意依靠的是基本功。如今文學作品裡的摹仿之作有很多，同一題材的東西被寫來寫去，但創出新意的卻極少見。

敬與恥

在貌爲恭，在心爲敬，這是一句老話。敬，指內心的端莊正直。西安土話裡有「端坐」、「端走」、「端下」等詞彙，這個端的含義就是正直。孟子講的「四端」，是做爲人的基本。「惻隱之心，仁之端也。羞惡之心，義之端也。辭讓之心，禮之端也。是非之心，智之端也。」

敬有兩方面的指向，敬人和敬己。敬己是敬德，是自尊，自重，自愛，是克敬守敬。敬禮不是舉舉手，擺個姿勢，裝裝樣子，而是循規守矩的總稱。敬人，敬業，敬行當，敬天地萬物。敬事房，是清朝康熙年間設置的一個中央辦公部門的辦事機構，屬內務府。職責範圍有，「奉行諭旨及內務府文書，宮內事務及禮節，收核外庫錢糧，甄別調補宦官，並巡查各門啟閉、火燭關防。」皇帝和後宮的居行，吃喝拉撒，以及正經和不太正經的娛樂，都包括了。當好這個瑣碎的差使，皇帝只要求一個字，就是敬。「事上以敬，事下以寬」，是《清史稿》對大太監劉有三作的政治結論。

老話裡關於敬，還有很多說道，「入門主敬，升堂主慎」、「賓客主恭，祭祀主敬」、「敬事而信」、「居敬而行簡」。敬是一個人的態度，要有態有度，態是行爲狀態，度是分寸感。無論對人還是對己，不及和過分都是失敬。

恥，一邊是心，一邊是耳。一個人心底偶爾冒出一個不妥的念頭，或聽到一句想洗耳朵的話，會有點不好意思，這點不好意思，就叫恥。無恥，就是沒有這點不好意思。用南懷瑾先生讀經的話說，「真正愛面子這一點心思，培養起來，就是最高的道德。」

孔孟二老對恥的知見很清澈，「行己有恥」「知恥近乎勇」「恥之於人大矣」「人不可以無恥，無恥之恥，無恥矣」。

明末清初的大學問家顧炎武有一個好文章，叫〈廉恥〉，其中有兩句了不起的判斷：一句是「蓋不廉則無所不取，不恥則無所不為」；另一句是「士大夫無恥，是謂國恥」。

士大夫是對官僚的舊稱謂，泛指國家機器的所有零件。用今天的話講，叫各級公務員。有外族入侵的日子，是國恥。外族不來入侵，自己入侵國家綱紀的底線，也是國恥。

「儒」這個字

儒這個字的結構，一邊是人，一邊是需，內含兩層意思，一是自己需要，再是被旁人需要。

一個人念書多了，有了學問，通了學理，去滿足自己的需要，並有所斬獲，叫自得。中舉人，得進士，拿狀元，之後獲賜一個好差使，都是自得。滿腹經綸是說一個人有一肚子聰明才智，但如果受益人始終是自己，自得發展成了自私，局限就暴露出來了。即使是朋友之間往來，自私的人也是不受歡迎的。一個人發明了專利，自己領了專利費和榮譽證書，再有無數的人從專利技術中受益。儒這個字的內涵就圓滿了。

僅有書本知識不是儒，叫書呆子，或書蟲。這兩個詞都形象有趣，知識是讓人豁達和通達的，讀傻了，成了呆子，是讀擰了，讀反了。書蟲更生動逼真，在寺廟的藏經閣裡，這種小動物很多，天天啃書，而且是經典祕籍，身體就是長不大，一個個滿腹經綸，但那個腹實在有限。老百姓過日子有一句俗話，叫半大小子見風長，一個孩子吃母乳，喝牛奶，補多種營養品，父母的呵護到頭了，到自己長個子的時候了。一個人長大成人，要沐風櫛雨，不僅是生理的，還是心理的，更多的是社會磨礪而成的。一棵參天大樹，不知經歷過多少風雨，每生長一年，向上增高一點，樹心也多出一個年輪。

還有兩個詞，大儒和宿儒。大儒不是個子大，是影響廣大，不僅被一個時代需要，而且要跨時代。《論語》是一本挺薄的書，但「半部論語治天下」，不停地被後世翻新沿用，漢代董仲舒翻新過一次，宋代朱熹翻新過一次，如今又被翻新著。中國在世界一百多所大學裡建孔子學院，實在是了不起的大手筆。孔子是大儒，是天下讀書人的老師，被累世尊奉著。

宿儒也叫老學究，性格深沉，固執己見，「獨善其身」的成分也偏多。紀曉嵐寫過兩個老學究：一個信鬼的存在，一個不信，兩個人爭執了一輩子。信鬼的一個先死了，但坐在地府大門口死等，另一個終於來了，他攔著不讓進門，嚴肅著提出一個問題：「請說出你現在叫什麼名字。」

在孔子的觀念裡，儒是綜合能力。既有書本知識，更要有責任擔當，且能做成功事情。魯國的季康子找孔子要人才，提名是子路、子貢、冉求。這三位都是孔子的得意門生，卻都被孔子回絕了。理由是三個人都各有所長，但社會實踐和綜合能力不足。《論語》中的這段原文是：

季康子問：仲由（子路）可使從政也與？
子曰：由也果，於從政乎何有？
曰：賜（子貢）也，與使從政也與？
曰：賜也達，於從政乎何有？
曰：求（冉求）也，可使從政也與？
曰：求也藝，於從政乎何有？

這段精闢文字由六個問句構成，有智慧，有文法，這也是《論語》這部大書的文辭魅力一種。

腐儒不是孔子的初衷，是臭豆腐，味道獨出，也有教人偏愛的一面，卻上不了大席面。

誰敢窺天機

紀曉嵐寫過三個酒鬼。

一位叫張子儀，嗜飲。五十多歲那年的一天，他因感冒死了，但裝殮的時候，人突然又蘇醒了，對驚魂未定的家人說：「我的病好了。剛才到了地府，見走廊上有三個大酒甕，甕上均有『張子儀封』題字。只有一個啓封了，但其中還有一半酒。我估計三甕酒喝完了，我的路才會走到頭。」接下來「復縱飲二十餘年」。二十多年後的一天，他又對家人說：「這回差不多了，昨晚夢裡到地府，見那三個甕都空啦。」沒過多少天，張子儀無疾而終。

葉守甫是德州的老中醫，有一天，他和家人趕夜路遇雨，見路邊有一座廢寺。寺門虛掩，門上隱約有八個字，「此寺多鬼，行人勿往」。老中醫心裡明白，廟和堂這類大房子，神不住，鬼就去占據。但風雨急迫，前後也沒村沒店，只好硬著頭皮往裡走，但進門先拜，高聲說：「過客遇雨，求神庇蔭，雨止即行，不敢久稽。」天花板上傳出一深沉平靜的聲音：「感君有禮，但今日大醉，不能見客，請諒解。」又說，「客人請東壁坐，西壁有蠍子。不要喝簷流水，有蛇毒。殿後邊酸梨熟了，可摘些吃止饑渴。」老中醫一行「毛髮豎立，噤不敢語。雨稍止，即惶遽拜謝出，如脫虎口焉」。

第三位是一隻狐。朱靜園是明經舉子，有一狐友，一天，二者在朱家飲酒，狐大醉，睡眠花下。酒醒後朱靜園問狐，「我聽說，貴族醉後多變原形，就用一件衣服蓋你身上，一直守在你身邊，你怎麼一點變化也沒有？」狐說，「這要看道力的深淺而定，道力淺，醉了變，睡熟了變，遇倉皇驚怖事也變。道力深者能脫形，已歸人道，何變之有？」朱靜園提出拜師學道，狐拒絕了，並且說了一段很有水平的話，「凡修道，人易而物難，人氣純，物氣駁。成道物易而人難，物心一，人心雜。煉形者先煉氣，煉氣者先煉心，心定則氣聚而形固，心搖則氣渙而形萎。」自這番話後，朱靜園悟道了。坊間狐朋狗友這個詞，多指交朋行邪，爲黨不端。朱靜園有福氣，交了一個諍友。

紀曉嵐寫酒鬼，在我讀來，即是窺天機的一種。酒字的讀音，同九和久，九在最高處，久在最遠處。到達這兩個地方，既不在一朝一夕，也不是一般人力所及，而需要點天賦。天賦是老天爺發的獎品。芸芸眾生，都是老天爺的屬下，老人家爲什麼單發給你？這就是世事的奇妙之解了。窺天機不是偷偷看，更不是乘機使巧，但究竟怎麼窺，我說不清楚，也道不明白。王國維說得好，他說人生三境界裡最難的那一重，是「眾裡尋他千百度，驀然回首，那人卻在燈火闌珊處」。

局限

有一個老話題，是宋朝人已經討論過的，針對儒家的那句話，「老吾老以及人之老」。說釋迦牟尼和孔子有一天在河邊探討學問，兩位的媽媽懶得聽他們高深的理論，手拉著手去散步，走著走著，突然失足落水。佛祖靜靜的看著孔子如何行爲。孔子講禮數，不肯光身子，和衣跳下水，先把自己的媽媽救上岸，再去救另一位老太太。這個話題該是有佛心的人設立的，鑽了儒門的空子。

據說中國民間有神通人，可以穿越時空，洞解人上輩子和下輩子事。有人問他，我上輩子是哪裡人？回答說，成都、西安，或呼倫貝爾大草原一帶。有美國人慕名學藝，學成後衣錦還鄉，有人去請教，我下輩子脫胎去哪裡？回答說，底特律，俄亥俄，或科羅拉多大峽谷。學術是沒有國界的，這是有些做學問的人愛講的一句話。術確實沒有國界，手段可以通用，可以合營商業，可以聯合軍演。但比術再大些的，不僅有國界，甚至還有苛刻的地界。

山西萬榮縣有個故事，一個男子趕集回來對妻子說，「我在半路上見到一個米袋子，撿起來一看，可惜開口在下邊，底在上邊。弄反了，拿回家也沒用，就扔了。」妻子數落他，「傻子，你把它拿回來，我把下邊的口縫上，上邊再剪開口，不就可以用了。你個死心眼。」我覺著這不是笑話，是寓言。生活裡學會換位思考是要緊的，學會怎樣換位思考更要緊。

局限，是生活中的常態，普遍存在著。人的生死是局限，黑夜和白天是局限。左右手是局限，男女廁所是局限。春夏秋冬是局限，上下級是局限。一項體育競賽，因爲局限的存在，才會精采。一件事情的發展過程之中，局限也是無處不在。息這個字的本意，是一呼一吸之間的停頓地帶。氣息，指的是呼吸再加上停頓的全過程。身體健康的人，既呼吸順暢，停頓的也恰到妥當處。在大街上，見一個人氣息短促，如果不是遇到緊急情況，他的身體一定出現麻煩了。

做事情接連不順利的人，俗話叫一步趕不上，步步趕不上，總是踩不到點上。那個點，就是局限的穴脈處。

自然者默之成之

無爲，不是什麼也不幹，天天閒待著，像辦公室裡的那類小官僚，一杯茶，一疊報紙，一天就從容著過去了。無爲是不亂爲，是啞巴吃餃子，心裡頭數著呢。好皇帝和差勁的皇帝都挺忙，可能差勁些的更忙，視察那個，接見這個，但好皇帝是忙在點子上。其實每位皇帝的一任一朝，都幹了些什麼，幹得怎麼樣，史書上文件上可以粉飾打扮，可以打馬虎眼，但眼亮的老百姓心裡是明瞭的。廟裡的大和尚也是這樣。方丈不一定就是大和尚，並不是當了領導，什麼東西都跟著上去了。有些文學書裡，大書特書某某方丈閉關修行十年二十年，去練自己的獨門功夫，這也不妥。廟牆塌了，小和尚找尼姑去了，都不知道。大和尚是不疏忽自己的廟的。

無爲兩個字裡邊，有一點很吃緊，就是要明白不可爲。明白不可爲，是樹立自己的敬畏心。有些不妥當的事情當時做了，可能是無奈，或迫於形勢不得不爲，但會彆扭一輩子的。說洪承疇和曾國藩到晚年一直彆扭的兩件事，一人一件。

曾國藩的恩師是穆彰阿。穆彰阿是皇帝的奴才，也有洋奴之垢，但有一點了不起，就是發現了曾國藩。曾國藩是經天緯地的大人物，但出身普通，小時候天資也不過人，基本上笨小孩一個。二十三歲中秀才，接下來兩次會試不第，二十八歲舉貢生，穆彰阿是那一年的主考，他欣賞曾國藩的應試作文，向道光皇帝舉薦，由殿試三甲四十二名被道光爺簡拔列爲朝考一等第二名，賜同進士，授翰林院庶吉士。那件成爲曾國藩心病的事就是第一次「披皇恩」時發生的。道光聽了穆彰阿的舉薦後，傳旨召見他，曾國藩在一間房子裡跪候了大半晚上，但等來的是取消召見。曾國藩心裡沒譜，跑去請教穆彰阿。穆彰阿問他房子裡都有什麼，他說房子空落落的只有龍椅後邊掛著字，但沒敢過去看。穆彰阿私下使銀子找到當值的太監，得知是〈大清祖訓〉。道光再接見的時候，曾國藩已把〈大清祖訓〉背得滾瓜爛熟。

洪承疇是晚明重臣，後順清，是著名的「貳臣」。洪承疇生在福建泉州，在陝西工作多年，曾任陝西督道參議，延綏巡撫，三邊總督，主要工作是「剿匪」，生俘高迎祥，幾敗李自成，東北吃緊後，調任薊遼總督。一六四二年松山兵敗後降清，助清軍一路南征，功勛卓著。一六五九年六十七歲時因「眼病」卸任回京。一六六五年去世，謚文襄，立御碑，賜葬京師。

洪承疇晚年不敢見家鄉人，也不敢見老朋友。當時有一首詩是專諷他「貳臣」的，「**松山戰骨未全枯，再建功名佩虎符。終是風沙容易老，白頭南渡又南都。**」《大清見聞錄》裡有一段記事：洪承疇年幼時有一個恩師，叫沈廷揚。「見其窮困，延之至家，即課承疇，故承疇感德，嘗呼沈為伯父。」洪承疇南征時，沈廷揚「散盡家財」，圖反清復明。被清兵俘獲後，洪承疇去見。「百五（沈廷揚）故作不識認曰：吾眼已瞎，汝為誰？洪曰：小侄承疇也，伯父豈忘之耶？百五大呼曰：洪公受國厚恩，殉節久矣，爾何人斯。乃揪洪衣襟，大批其頰。」

無爲，是順其自然。天道自會，天道自遠。自然者默之成之。做不自然的事情，一定要考慮到後果。考慮別人是一個層面，考慮自己會怎麼面對這件事是另一個層面。

代價與成本

一個國家的進步，是有代價和成本的。

爲了不改變，最好的辦法是不交往，把社會封閉起來。清朝覆滅之前，一直都是這麼幹的，外國的使團，基本上都被視爲爲效忠而來。交往是彼此看重，但交往的核心價值，是建立自我更新系統，使自身不斷強化。清朝因封閉而終結，但接下來開始的「交往」，實在讓中國人臉面無光。二十世紀，是大中華漫漫歷史中唯一一個失去自信力的一百年，洋車、洋火、洋蠟、洋油，東洋與西洋的東西，幾乎滲入所有角落。乃至今天，從開發商新建樓盤的洋名字，到大學課堂上的洋學說，風勢正足。國家交往的危險，在於讓本民族的遺傳信息丟失了，像基因變異的植物，爲改良而變種。確實，「洋爲中用」帶來了巨大變化，有經濟的繁榮，也有政治的逐步澄明，正因爲這種巨變，強化中國傳統元素才顯得更爲迫切。一個國家的大學，特別是人文學科領域，自身元素不主導上風，是讓後輩人不幸的大事。

一七九二年九月二十六日，三艘大船組成的七百人英國使團，從樸茨茅斯港出發，目的地是中國，團長叫馬戛爾尼勛爵。一七九三年九月十四日到承德避暑山莊，乾隆皇帝在「紙燈籠照耀著天子帷幄」裡，接見了使團的代表。其中給馬戛爾尼提斗篷下襬的是一位十二歲的男孩，叫托馬斯·斯當東，就是這個小男孩，長大以後直接導致了兩個國家的戰爭。他天資聰穎，在船上和擔任翻譯的教士學習漢語，乾隆因爲他的「流利漢語」龍顏大悅，「解下掛在腰間的黃色絲織荷包，破例將它賜給孩子」。隨龐大使團一起來到中國的，還有新發明的蒸汽機、棉紡機、織布機和熱氣球。乾隆爺的回答是天朝什麼都不缺。他給英王的回贈是一件玉雕權杖，給馬戛爾尼的是玉石節杖。

二十四年之後，一八一六年八月二十八日，英國第二個使團抵達北京，由阿美士德勛爵領銜，副職是已經三十六歲的托馬斯·斯當東，此時他已在廣州生活了多年，是英國東印度公司駐廣州的商務代表。但嘉慶皇帝沒有接見他們，並且下令驅逐了使團。官方紀錄是，「中國為天下共主，豈有如此侮慢倨傲，甘心忍受之理。是以降旨逐其使團回國，不治重罪。」據坊間說法，原因有兩個，一是特使不接受三拜九叩的覲見禮儀，二是斯當東的身分是商人，皇帝不能屈尊見商人。

又過了二十四年。一八四〇年四月七日，近六十歲的托馬斯·斯當東在英國下議院「慷慨陳詞」：「我們進行鴉片貿易，是否違反了國際法呢？沒有。……北京朝廷有權強化司法措施以制止鴉片貿易。但迄今爲止對外國人最重的處罰是禁止經商或驅逐出境。現在它能粗暴地判處他們死刑嗎？……如果我們在中國不受人尊敬，那麼在印度我們也會很快不受人尊敬，並且逐漸地在全世界都會如此！儘管令人遺憾，但我還是認爲這場戰爭是正義的。而且也是必要的。」一百七十年前，英國人就是這麼理解正義戰爭的。

一八四〇年六月，一支由四十艘戰艦，四千名士兵組成的艦隊，經過孟加拉抵達廣州口外海面。中國人沒有顏面的近代史生活，就此被強行拉開了序幕。

認了

認了，是鄉俚，是土話。

一個人把另一個人摁著，兜頭一拳，問：「認不認！」手下的人頭抵著地，一嘴泥，但脖子梗梗的。再一拳，「快說，認還是不認！」脖子扔不停地往上擰勁，再三五道硬捶後，脖子一蹋，不反抗了。認了是服軟，是認栽了。也有另一種情況，是忍了，退一步海闊天空，期待以後的峰迴路轉，柳暗花明。

還有一個詞，叫笨如牛。牛怎麼笨?倔強，踏實，吃苦耐勞，少言寡語，這不是笨。對牛彈琴，不是牛笨，是人矯情。牛笨在讓人牽著鼻子走，那麼一個大塊頭，鼻孔穿一根繩，小孩子拽上就走了，間或還放鬆地騎到牛背上，吹吹笛子什麼的。牛的悲哀，是不被牽著就不知道朝哪個方向走。老馬識途，牛不行。

海珊和格達費是兩位倔強人。海珊直到被絞死，也不服軟，而且昂著頭，一臉平靜。格達費也不服軟，但有一點小區別，海珊對西方人不抱幻想。格達費一九六九年推翻美英支持的伊德里斯王朝，建立利比亞共和國，廢止了美國在其領土的威勒斯軍事基地，趕跑了英國石油公司，但在事實上保存了美國的石油公司，辦公大樓都被政府保護著，二〇〇三年十二月，利比亞宣布放棄「大規模殺傷性武器計畫」，二〇〇四年一月，利比亞的核設備和研究設施被運到美國「展出」。三月二十三日，美國助理國務卿伯恩斯訪問利比亞，會晤格達費時，「轉交了布希總統的一封信」。三月二十五日，英國首相布萊爾訪問利比亞。二〇〇六年，美國宣布與利比亞恢復全面外交關係，並將利比亞從「支持恐怖主義國家」名單上刪除。二〇〇七年十二月，格達費受法國新任總統薩科齊邀請，訪問法國五天，簽署多項合同和協議，「總價值超過一百億歐元，包括採購二十一架空客飛機」。薩科齊當時公開表態，「格達費沒有被視爲阿拉伯世界的獨裁者，他是這個地區執政時間最長的國家元首，在阿拉伯世界，這很重要。」二〇〇九年，格達費到訪紐約，出席聯合國大會。二〇一一年三月十九日，法美英從海上空中對利比亞發動襲擊。三天時間，數百枚導彈「蒞臨」利比亞國土。格達費最初得知法國戰鬥機率先轟炸時，說了一句失水準的話：「薩科齊是我的朋友，我想他是瘋了。」

　　我有一個熟人，是英國人，在西安一所大學教書，他對陝西歷史博物館非常著迷，自己去看了十幾次，每次見面，他都津津有味地說其中的細節。有一次我們閒聊，我說，「有一個最重要的細節你一直沒注意到，」他認真地等著我說，「博物館，是一個國家濃縮的文明史。每一件文物的出處和經歷，都是國家記憶。我們博物館裡的東西，都是我們自己的，外國的沒有，你們國家的博物館做不到這一點。」他很不好意思地點頭承認。又一次閒聊時，我和他說了一個笑談：G8，是八國集團，俗稱富國俱樂部。成員有美、英、法、德、義大利、加拿大、日本和俄羅斯。去掉加拿大，加上奧匈帝國，就是當年搶北京城，燒頤和園的八國聯軍。

國家文明是複合結構，有點像天秤，強權和公理是天秤的兩端。無論哪一端薄弱了，整體上都會失衡。

漢代告誡我們的

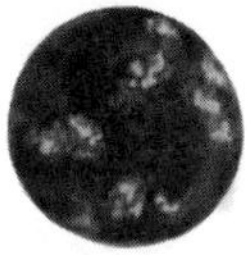

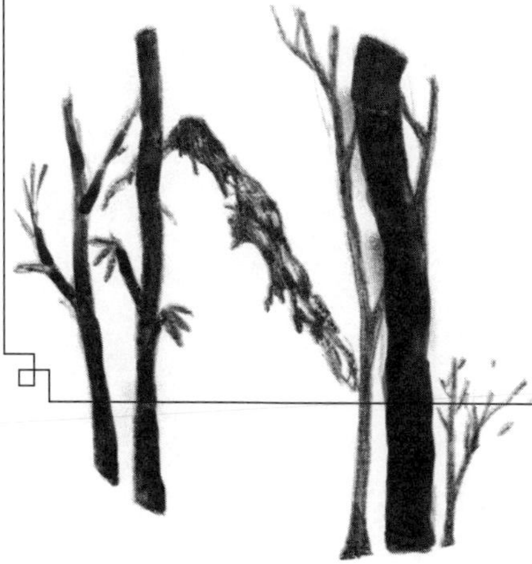

大而化之：關於劉邦

．劉邦這個人

漢代的史存時間有特點，易於記憶。由西元元年上溯二百年是西漢，下推二百年是東漢，一般的讀者記住這個大概時間段落就差不多了。如果是專業研究歷史的，就需要弄確切，弄到位。西漢是西元前二〇六年至西元八年，東漢是西元二十五年至二二〇年，中間空檔的十幾年，是王莽的新政時期。西漢有十一位皇帝，算上呂后和王莽兩位實際的國家領導人，共十三位君主。開國皇帝是漢高祖劉邦，亡國之君是漢平帝劉衎。在漢昭帝劉弗陵和漢宣帝劉詢之間，還有一位皇帝，在位僅二十七天即被廢黜，這位不足月的君主是漢武帝劉徹的孫子，叫劉賀。即位前史稱昌邑王，廢黜後稱海昏侯。劉賀五歲父薨，繼昌邑王位，在女人堆裡長大，昭帝劉弗陵是暴崩，又無後，劉賀得以入朝登基。西漢有諸侯王入朝繼大位的前例，「高后（呂后）崩」，代王劉恒即皇帝位，即漢文帝。但劉賀是享樂型的人，缺乏政治人物的基本素質，國喪期間，「違禮越制失道」事情多達一千多件。被廢黜後，降級爲海昏侯，也算善終。東漢也是十三位君主，復國之君是漢元帝劉秀，亡國皇帝是漢獻帝劉協。把王莽的新政納入西漢範疇，我因循的是史家班固的《漢書》體制。

西漢從公元前二〇六年開始紀元，但不屬於開國建元。那一年劉邦率軍領先項羽一步攻入咸陽城，「冬十月……沛公軍霸上」。這一年史書仍稱「沛公」，其後稱「漢王」。劉邦儘管攻入咸陽城，實質上傾覆了秦朝地基，但當時的實力比項羽相去甚遠，因此才發生了那場著名的「鴻門宴」事件，慶功宴席只吃了一半，劉邦倉皇中逃生保命。四年後，漢五年二月（前二〇二年）劉邦在轉戰途中稱帝，地點很模糊，史載是「氾水之陽」，據考據是山東菏澤一帶。四五月間，聽從諫議，移都長安。同年十二月，與項羽決戰，「圍羽垓下」，滅亡項羽後，劉邦才算基本掌控了國家局面。

從漢五年稱帝，到漢十二年四月（前一九五年）去世，劉邦實際在位七年，但在首都長安的時間不多，在全國各地忙著「剿匪平叛」，連長安城都沒有精力修建。劉邦是樸素務實的皇帝，最初的臨朝辦公地點是櫟陽（今西安東郊），漢七年二月（前二〇〇年），丞相蕭何建成未央宮，劉邦見到後很生氣，認爲太過奢侈，「見宮闕壯甚，怒」。數落蕭何說，「天下匈匈，勞苦數歲，成敗未可知，是何治宮室過度也！」（連年戰亂，天下一片廢墟，國家安危還是個未知數，怎麼如此過度地建宮殿！）蕭何解釋說，「正是因爲國家初定，才要樹立皇威以重天下。」劉邦這種樸素的風氣給漢代開了個好頭。

劉邦北征過一次匈奴，以蒙羞失敗而歸。說蒙羞，不僅是指軍事上的失敗，還有國格上的失體統。漢七年冬十月，劉邦不聽勸阻，執意北征，天不佑護，遭遇極寒天氣。至婁煩（今山西大同北），「會天寒，士卒墮指什二三」（士兵中十之二三凍掉手腳指頭）。全軍陷入重重包圍，後來依靠給單于的王后行賄才買出一條逃生路。比行賄更丟大國臉面的，是由此開啓了屈辱的「和親」制度，礙於軍力疲弱，「冠戴禮儀之邦」定期給「引弓之國」送美女、糧食、金銀財物，套用今天的話說叫「用美女換和平」。

做爲漢代的開國皇帝，劉邦有兩件事福蔭後世。

一是長安大移民。自秦朝末年，由于連年戰亂，長安地區社會凋敝，經濟落後，人口外流嚴重。如果把國家比喻爲一棵樹，首都是樹根和樹幹，漢代立國之初，樹根和樹幹是弱的，根基不牢，社稷不保。劉邦進行國家建設的第一步棋是實施「強幹弱枝」計畫，把六國的大戶、望族、商賈及各界名流移民長安，以削弱地方勢力。第一次大移民是漢九年十一月（前一九八年），「徙貴族楚昭、屈、景、懷、齊、田氏關中。」第一次移民人口達十萬人。漢代初年十萬人口是個什麼概念呢？具體說一個數字做參照，漢十三年惠帝劉盈修長安城的時候，做了一次人口普查，長安城區總人口不足二十五萬，「戶八萬八百，口二十四萬六千二百。」也就是說，相當於首都人口的百分之四十。

這十萬移民擺在首都地區什麼位置，也彰顯了劉邦的政治智慧。十萬「齊楚大族」是精英群體，但也是國家的「不穩定因素」，被集體安置在「長陵邑」。長陵當時是劉邦的建陵之地，位於長安以北，今天咸陽域內。在長陵園區一側專門建一座「開發區」性質的城邑，今天的開發區旨在發展經濟，當年則是國家維穩的需要。這種「陵邑模式」被後繼的皇帝延續。從公元前一九八年至漢元帝劉奭永光四年（前四十年），共有七次大規模移民「三選七遷」，移民總人口四十萬左右。今天咸陽的「五陵邑」，指的就是漢代的五個開發區，長陵邑（高祖劉邦），安陵邑（惠帝劉盈），陽陵邑（景帝劉啓），茂陵邑（武帝劉徹），平陵邑（昭帝劉弗陵）。漢代的「五陵邑」是長安城北的五個衛星城，是繁華錦繡之地，是高大上社區。據史料記載，長陵邑人口十八萬，茂陵邑人口二十七萬。

「強幹弱枝」是國家維穩的成功案例，優化了首善之地的人口結構，給長安城打下了包容型城市的底子。

劉邦不好讀書，骨子裡蔑視文化，但能兼聽。最重要的是依制度管理國家，「高祖不修文學，而性明達，好謀，能聽。」「初順民心作三章之約。天下既定，命蕭何次律令，韓信申軍法，張蒼定章程，叔孫通制禮儀，陸賈造新語。」漢代打碎了秦的「舊世界」，但汲取吸納了秦朝的一些善制，「漢襲秦制」，也保留了「舊時代」的一些「職業公務員」。還有一點，沒有大量安排「軍轉幹部」到地方任職，把軍隊管理和國家管理有機分開。這是他的第二個貢獻。

漢初的制度雖然不完備，但能依制行事，也不搞整風，不搞政治運動，不搞大躍進。劉邦之後，經過惠帝和呂后，再經過「善以養民，寬以養國」的「文景之治」，到漢武帝劉徹時期，中國終於成爲當時世界的第一強國。

野史上有一種說法，認爲漢代由平穩開國到興盛，有一個重要因素，是劉邦在位時間不長，僅僅七年。如果劉邦是一位長壽皇帝，活個八九十歲，依他的粗鄙使狠性子，不知道會把國家折騰成什麼樣子。當然，這只是民間言，扯閒篇而已。

・新農村建設

漢高祖劉邦即位後，在長安城東郊酈邑，今西安市臨潼區內，依照老家模樣，爲父親劉煓克隆興建了一個村子。劉邦的出生地是「沛豐邑中陽里」，今天徐州豐縣境內。西元前一九七年，高祖十年甲辰七月，「太上皇崩櫟陽宮」，劉邦頒詔：「更名酈邑曰新豐」。

《西京雜記》是這麼記載這個新農村的：

太上皇徙長安，居深宮，悽愴不樂。高祖竊因左右問其故，以平生所好，皆屠販少年，酤酒賣餅，鬥雞蹴鞠，以此為歡，今皆無此，故以不樂。高祖乃作新豐，移諸故人實之，太上皇乃悅。故新豐多無賴，無衣冠子弟故也。高祖少時，常祭枌榆之社。及移新豐，亦還立焉。高帝既作新豐，并移舊社，衢巷棟宇，物色惟舊。士女老幼，相攜路首，各知其室。放犬羊雞鴨於通塗，亦競識其家。其匠人胡寬所營也。移者皆悅其似而德之，故競加賞贈，月餘，致累百金。

劉邦是孝子，見父親因想念農家樂而鬱悶，很是心急。如果是普通人家的兒子，頂多會陪父親回老家住些日子。但他是皇帝，他可以再造一個村子，連父老鄉親一併搬遷過來，「移諸故人實之」，而且是高仿真的，雞狗鴨羊都能找到各自的家門，皇威浩蕩，雞犬升天。只是這個村子不太注重文化建設，「故新豐多無賴，無衣冠子弟故也」。衣冠子弟指的是有教養的年輕人，劉邦當時真應該建一所希望小學和希望中學的。他一輩子看輕讀書之樂，他打小就敬重土地。「高祖少時，常祭枌榆之社」，社是土地廟，枌榆是他老家一個鄉里地名，因此建新村時，家鄉的土地爺也被請過來了。

胡寬是建築師，他把新村子復原到這般地步，修舊如舊，傳形也傳神，是大手筆，收點禮金是該得的。

關於劉邦的父親劉煓，有兩件具體事，司馬遷的《史記》和班固的《漢書》均作了記載。其一，劉邦不是他親播的種子。「父曰太公，母曰劉媼。其先劉媼嘗息大澤之陂，夢與神遇。是時雷電晦冥，太公往視，則見蛟龍於其上。已而有身，遂產高祖。」「大澤之陂」，湖邊的意思。「太公往視」，他是親眼目睹他老婆神交過程的，正史膽敢這麼寫，真是史家的驕傲。

其二，劉邦即位後，劉煓對兒子也是常端嚴父架子的，劉邦設置一個官位，「太公家令」，即太公辦公室主任，這位主任深明大義，勸諫太公：「天亡二日，土亡二王。皇帝雖子，人主也；太公雖父，人臣也。奈何令人主拜人臣！如此，則威重不行。」太公知錯即改。劉邦頒詔「人之至親，莫親於父子……諸王、通侯、將軍、群卿、大夫已尊朕為皇帝，而太公未有號，今上尊太公曰太上皇。」劉煓成爲中國歷史上活著被尊爲太上皇的第一人。劉邦在建國治國上不拘一格，在治家上也夠創新的。

新豐村是被皇恩照耀著建成的，是國家直轄村。外在建設是一流的，但雞狗有著落，民心無著落，「新豐村多無賴」，史評如此真夠露骨的。劉邦建這個村子的初衷也不在民心上，他盡的是孝心，全村人是幫著他盡孝的。因此他父親百年之後，這個村子差不多也就壽終正寢了。

．給力的細節

〈高帝紀〉是《漢書》第一篇，〈高祖本紀〉是《史記》第八篇，均是傳記漢高祖劉邦的。史官因史料成史，班固取材於司馬遷，或講《漢書》「剝離」於《史記》，但兩位史家看問題的著力點是有區別的。我找出《漢書》中的幾個細節，是《史記》裡沒有的，或是被司馬遷簡筆帶過的，由此看看班固的察史方法，以及著史筆法。

漢二年（前二〇五年）三月，項羽與劉邦在彭城（今徐州）有一場惡戰，劉邦險些命喪。《史記》是一句話略過，「與漢大戰彭城靈壁東睢水上，大破漢軍，多殺士卒，睢水為之不流。」《漢書》寫得完整，先寫起因，劉邦老毛病犯了，收編了項羽的女友。「漢王遂入彭城，收羽美人貨賂，置酒高會。羽聞之，令其將擊齊，而自以精兵三萬人從魯出胡陵。至蕭，晨擊漢軍。」再寫戰況之慘烈，以及天佑劉邦，「多殺士卒，睢水為之不流。圍漢王三匝。大風從西北起，折木發屋，揚沙石，晝晦（白天如晚上），楚軍大亂，而漢王得與數十騎遁去。」之後還有一個細節，《史記》也是繞過去不表的。「過沛（劉邦老家），使人求室家，家室亦已亡（出逃），不相得。漢王（指劉邦，此時劉邦仍爲漢王，漢五年，西元前二〇二年才稱帝。漢代以西元前二〇二年劉邦入咸陽城紀元）道逢孝惠、魯元（劉邦兒子和女兒，即漢惠帝，魯元公主），載行。楚騎追漢王，漢王急。推墮二子。」這個細節很給力，劉邦做帝王是天意，是天命，但做人很差勁，危難來臨，自己的孩子也是豁出去的。

漢五年（前二〇二年）十二月項羽命終垓下，劉邦掌控大局形勢，但只有魯國不降，這件事班固寫得全面。「楚地悉定，獨魯不下。漢王引天下兵，欲屠之，為其守節禮義之國，乃持羽頭示其父兄，魯乃降。初，懷王封羽為魯公，及死，魯又為之堅守，故以魯公葬羽於穀城。漢王為發葬，哭臨而去。」魯國此前是項羽的封地，「為其守節禮義」而不降。劉邦以魯公的規格安葬項羽，且「哭臨而去」。漢六年（前二〇一年），天下安定，因功行賞封侯，《漢書》記寫得多，也生動。「上已封大功臣二十餘人，其餘爭功，未得行封。」這是生動之一，諸臣爭功，行封工作進行不下去了。張良獻計是生動之二。劉邦見群臣三三兩兩地私下議論，擔心釀亂，找張良問破局之策。張良說，「您已爲天子，如今行封的都是您的愛臣，誅殺的都是仇怨。臣子們對此很是憂慮，您現在封一位平生最討厭的人，困局就解開了。」「三月，上置酒，封雍齒。」雍齒是劉邦的沛縣鄉黨，最初隨劉邦起兵反秦，但出身貴族，骨子裡瞧不上劉邦，也是第一個背叛他的人。「封雍齒為什邡侯，食邑二千五百戶。」「群臣喜曰：『雍齒且侯，吾屬亡（無）患矣。』」這兩個細節彰示了劉邦政治家的一面。

楚漢決戰前，有兩個決定劉邦得天下的細節，班固看得清楚，也寫得明白。一是鴻門宴，再是「三老」政策。

漢元年（前二〇六年）冬十月，劉邦先入關中，兵至灞上（今西安市東郊），十一月項羽自西破函谷關，進入關中，屯兵鴻門（今西安臨潼東北）。兩人之前有約，先入關中者爲王。當時劉邦部隊十萬，項羽四十萬，實力懸殊。「沛公從百餘騎，驅之鴻門，見謝項羽。」「沛公以樊噲，張良故，得能歸。」《史記》此處用的是簡筆。《漢書》則極盡筆墨，先寫劉邦與張良夜見項伯。第二天在鴻門宴上，范增決議立殺劉邦，項莊舞劍，樊噲挺身護主，劉邦以如廁藉口乘機逃走，張良留守獻玉斗，范增摔玉斗。人物神態鮮明，栩栩如生。劉邦君臣響應，項羽失明獨斷，盡在紙上。

「三老」是得民心的具體政策，相當於當時的「人大代表」或「議員」，這個細節《史記》裡沒有。「舉民年五十以上，有修行，能帥眾為善，置以為三老，鄉一人。擇鄉三老一人為縣三老，與縣令、丞、尉以事相教，復勿繇戍。以十月賜酒肉。」「三老」由鄉而縣逐級選出，與縣令，縣丞，縣尉共議大事，免除徭役兵役，每年十月發放酒肉慰問品。

司馬遷是職業史官，注意維護帝王形象，講「主旋律」。班固半路出家，最初還是「個人寫作」，史評叫「在家私撰」，手腳不受束縛，既寫劉邦的帝王心之大，也寫其人心之小。班固「在家私撰」是有基礎的，他有一位祖父叫班斿，他親祖父的二哥，官至諫大夫。諫大夫是監察官，相當於中央紀委。漢代監察官動真格的，不是擺設。分諫官和臺官，臺官監督百官，諫官諫議皇帝。東漢末年臺諫合流，槍口一致朝向百官，對皇帝的制約名存實亡。班斿的另一項工作，是校閱皇家藏書，因此受賜皇家藏書副本，班固才有有機緣讀到國史。班固的父親班彪學問大，事業心也大，「所著賦、論、書、記，奏事合九篇，又成《史記後傳》數十篇。」建武三十一年（公元五十四年）班彪卒，這一年班固二十四歲，由洛陽太學終止學業回到扶風安陵老家（今咸陽），二十七歲著手整理父親的《史記後傳》，開始「私撰《漢書》」，三十一歲以「私改國史」入獄。漢明帝劉莊看到「罪書」後大加讚賞，同年特赦，「召詣校書郎，任為蘭臺令史」，成爲職業史官，第二年昭令修撰《漢書》，自西元六十三年至西元八十二年，班固從三十二歲到五十一歲，潛力凡二十年，《漢書》乃成。

舊時代裡公知者：關於董仲舒

・說冰雹

漢元光元年七月（西元前一三三年農曆七月），長安城裡下了場冰雹，一個叫鮑敞的人去請教董仲舒。董老是當年的學術帶頭人，史書裡記載，漢武帝有疑難問題會派專人去求教。這位鮑敞，可能是一位使者。

鮑敞問，「冰雹是什麼東西？是什麼氣生成的？」（雹何物也，何氣而生之。）

答：「冰雹是陰氣脅迫陽氣形成的。天地間的氣，陰陽各占一半，二者和合，輪回運行。四月（農曆）是正陽之月，陽氣主導。十月（農曆）是正陰之月，陰氣主導。二月和八月（農曆），陰陽二氣勢均力敵，相互激盪，『運動抑揚，更相動薄』。風雨雲霧雷電雪雹就這樣產生了。氣向上升騰為雨，向下籠罩為霧。風是呼出的氣，雲是氣霧。雷是陰陽氣相搏發生的聲音，雹是相互撞擊閃爍的火光。陰陽二氣開始蒸騰的時候，若有若無，若實若虛，若方若圓。二氣凝結，攢聚相合，達到一定重量，就形成雨降落下來。寒冷的月分，雨滴初凝的時候，還輕還小，被風吹襲，飄散爲雪。冰雹是雪珠一類的東西，陰氣突兀上升，才會形成雹災。（如果）太平盛世，颳風不會使樹枝劈啪亂響，使種子開殼植物萌芽而已。下雨不會擊破土壤，滋潤植物的葉和莖而已。雷聲不驚忧恐怖，發號令使人啓發而已。閃電不刺眼，宣示光耀而已。霧不妨礙遠望，使大地沉浸在水氣裡而已。雪不壓迫樹枝，消滅毒物害蟲而已。雲呈五彩祥瑞。露珠味甘，滋潤肥沃土地。這是因爲聖人治理國家，陰陽和諧相合。（如果）政治腐敗，陰陽失和，風破房屋，暴雨沖破河湖泛濫成災，大雪塞堵牛眼，閃電冰雹砸死驢馬。此爲陰陽二氣相互激盪帶來的不祥妖氣。」（太平之世，則風不鳴條，開甲散萌而已。雨不破塊，潤葉津莖而已。雷不驚人，號令啟發而已。電不眩目，宣示光耀而已。霧不塞望，浸淫被洎而已。雪不封條，淩殄毒害而已。雲則五色而為慶，三色而成矞。露則結味而成甘，結潤而成膏。此聖人之在上，則陰陽和，風雨時也。政多紕繆，則陰陽不調。風發屋，雨溢河，雪至牛目，雹殺驢馬，此皆陰陽相蕩，而為祲沴之妖也。）（《西京雜記》）

董仲舒「天人感應」學說的閃亮之處，是對皇帝的制約。民主國家的總統，反對黨可以公開批評，潑髒水罵娘也可以。而在極權專制國度，給皇帝提意見僅有膽識不夠，還需要智慧，要講究點藝術手法。在這次冰雹答問的前兩年，即西元前一三五年，（漢武帝建元六年），董仲舒險些喪命。那一年二月和四月（農曆），遼東高廟，長陵（漢高祖劉邦墓）高園殿發生兩起水災，「六年春二月乙未，遼東高廟災。夏四月壬子，高園便殿火。上（武帝）素服五日。」（《漢書．武帝紀》）董仲舒認爲這是勸諫武帝的良機，以天降災異，是國家政策出了問題爲核心內容，寫了一個奏章，還沒呈上去，他一個叫主父偃的學生到家裡做客，偷走奏章，做爲「反黨言論」呈報給武帝，武帝大怒，下令斬首，怒火平息後，又以國家高端人才下詔免死。自此後，董仲舒在河北衡水老家，開始了學術研究生涯。但武帝有重大問題，仍派專人不遠千里去徵求意見。「仲舒在家，朝廷如有大議，使使者及廷尉張湯就其家而問之，其對皆有明法。」（《漢書．董仲舒傳》）主父偃這個人，一生以打小報告爲職業，老師，朋友，親戚也不放過。因小報告升官，最後也死在小報告上。

給國家領導人上課，堅持己見，不昧良心是重要的，會得到明君的尊重和重視。漢武帝接受董仲舒也有個過程，有人諫言，「浩大的漢朝不應畏懼董仲舒的言論，不僅不畏懼，還應多多聽取，以彰顯天子的胸襟和威嚴。」漢武帝做到了，做得還不錯。

‧察史

歷史的學名叫「春秋」，而不叫「冬夏」，是有機心的。

孔子寫《春秋》，一萬八千言。以魯國十二位君主（隱，桓，莊，閔，僖，文，宣，成，襄，昭，定，哀）爲線索，覆蓋一百二十個諸侯國。「《春秋》詳己而略人」，記載史事，魯國詳細，他國簡約。周朝的國體是粗糙的「聯邦制」，最多時兼容八百個「加盟國家」，到孔子生存時代，還有一百二十多個，後世史家確定這個國家數字，因爲《春秋公羊解詁》裡的一句話，「制《春秋》之義，使子夏等十四人求周史記，得百二十國寶書，九月經立。」當時只是一百二十個國家麼？子夏等人有沒有疏漏，不知道。

《春秋》把歷史分爲三個檔期，「有見，有聞，有傳聞。」見，指孔子親歷的時代，所見三代六十一年，魯哀公，魯定公，魯昭公。聞，指聽親歷者講述的上代，所聞四代八十五年，魯襄公，魯成公，魯宣公，魯文公。傳聞，指據史載記述的遠時代，傳聞五代九十六年，魯僖公，魯閔公，魯莊公，魯桓公，魯隱公。「於所見，微其辭。」孔子寫當世，用筆隱諱，有所顧忌。「於所聞，痛其禍。」寫聽人講述的上代，就帶感情了，於禍國的事情，下筆不含糊，也傷感。「於傳聞，殺其恩，與情俱也。」據史料而成的遠代，感情淡了，直抒胸臆，就事論事。孔聖人寫他所處的時代，也是不掉以輕心的，怕掉腦袋，擔心被割了吃飯的傢伙。

「不知來，視諸往」，是《春秋》的立書基本。未來蘊藏於往事之中，往事千年萬緒，如天空，天是空的麼？朗朗蒼穹，於沒眼的人一無所見，於有心的人無物不有。「弗能察，寂者無；能察之，無物不在」「天亦人之曾祖父也」，老天爺比爺爺輩分還高，但老爺爺言辭金貴，不隨便說話的，「天不言，使人發其意；弗為，使人行其中。」一個時代裡，人們對天的認識有多大，這個時代就有多大。

董仲舒把「王」這個字讀出了深意，「古之造文者，三書而連其中，謂之王。三書者，天，地與人也，而連其中者，通其道也。」貫通了天地人，是王。疏忽了地和人，天也是枉爲的。「積知廣大有而博，唯人道可以參天。」天育萬物，但人是世道上參天的樹。世間有春夏秋冬，「春氣愛，秋氣嚴，夏氣樂，冬氣哀。」「春主生，夏主養，秋主收，冬主藏。生溉其樂以養，死溉其哀以藏，為人子者也。故四時之行，父子之道也。」春生夏，秋藏於冬，循父子之道。以天地四時喻人間歷史，以「春秋」命名就夠了。

董仲舒的察史方法，講究慧眼識珠玉，好高卻不騖遠，下扎實細緻功夫，一部《春秋繁露》，是得了天地獨厚的。

·藏身之地

墓，是人最後一個藏身之處。

董仲舒的墓碑，被砌在一堵牆內。牆是一家部隊幹休所的，碑面臨街，上書「董仲舒墓，陝西省第一批保護文物，一九五六年八月六日」，另一面在幹休所內，上書「董仲舒，西漢哲學家，其大一統的政治理論，對於西漢的統一與鞏固起了積極的作用，所著《春秋繁露》、《董子文集》傳於世。昔漢武帝每幸芙蓉苑，至董仲舒墓下馬，故世人稱之謂『下馬陵』，明正德時陝西巡撫王珝修建陵園，稱爲『董子祠』。清康熙六年（西元一六六七年）咸寧知縣黃家鼎重建祠堂三間，並於大門前立石，上刻『下馬陵』三字。乾隆時陝西巡撫畢沅又對陵園重加修繕，以示對這位西漢學者的紀念，墓現存封土高約二點五米，直徑約六米。」在西安老城牆的東南方位，傍著城牆根下，由文昌門至和平門這一段道路長約八百米，叫下馬陵。董仲舒的墓碑就被夾立在這條街上。

關於董仲舒的墓，史志上大體有三種說法。下馬陵是一種。第二種說法是《陝西通志》（明嘉靖）裡的記載，「董仲舒墓在城南六里」。班固《漢書·董仲舒傳》爲第三種，「仲舒在家（今河北衡水棗強），朝廷如有大議，使使者及廷尉張湯就其家而問之，其對皆有明法。

自武帝初立，魏其、武安侯為相而隆儒矣。及仲舒對冊，推明孔氏，抑黜百家。立學校之官，州郡舉茂材孝廉，皆自仲舒發之。年老，以壽終於家，家徙茂陵。」《史記・儒林列傳》，只是講到「董仲舒恐久獲罪，疾免居家，至卒，終不治產業，以修學著書為事。」茂陵是漢武帝陵寢，茂陵以北一華里外有個村莊叫策村，隸屬咸陽興平市，幾百戶居民多爲董姓，在策村東南，有一封土冢，當代專家考據認定是董仲舒墓。北宋《太平寰宇記》記載，「董仲舒墓，在（興平）縣東北二十里」。這個記載與策村相吻合。

今天《辭海》和《辭源》的說法也有差異。《辭海》爲：「下馬陵，古地名，在今西安市和平門附近，本西漢董仲舒墓，一說漢武帝遊宜春苑，曾在此下馬，故稱下馬陵；一說董的信徒過此皆下馬，因以爲名。俗稱蝦蟆陵。」《辭源》爲：「蝦蟆陵，地名，在長安城東南，與曲江近，相傳爲董仲舒墓，門人過此皆下馬，故稱下馬陵，後人音誤爲蝦蟆陵。見唐李肇《國史補》。一說漢武帝幸芙蓉園，至此下馬，遂誤爲蝦蟆陵。唐時爲妓女聚處，唐白居易《長慶集・十二・琵琶引》：『自言本是京城女，家在蝦蟆陵下住。』」

董仲舒了不起的地方，是奠基了儒學在中國文化裡的核心位置，由禮而理，以禮入教。在中國，即使再偏僻的村子，即使是文盲村，沒有人念過什麼書，但儒家仁義禮智信那些基本常識也是熟稔的。董仲舒還有一句話，該給予重視，「居民而伸君，居君而伸天」。限制地方勢力，樹立天子權威。限制天子權力，樹立順天地應自然的法度。天子不是至高無上的，而是受命於天。在董仲舒所處的時代，有這樣的認識，真是挺偉大的。我們多年前有一首歌，開頭的歌詞是，爹親娘親不如什麼親，天大地大不如什麼大，兩者一比較，認識上的區別就出來了。

尊師重教，是今天的口頭禪。師與教，怎麼樣尊，怎麼樣才算重，僅靠嘴皮子利索是不夠的。

丞相，是國家副職。丞是承，相是輔，相從木和目，也含著省察的寓意，以目觀木，可察山川地勢的風向。丞相也被稱爲宰相，在古代，王族和望族最重要的家事是祭祀，祭祀時重要的儀程是宰殺牲牛。「象徵這一意義，當時替天子諸侯及一切貴族公卿管家的都稱宰」（錢穆），從這個角度講，丞相也是皇帝的大管家。

皇權與相權的關係從來都是中國大政治裡最重要的，也是最微妙敏感的。在漢代，丞相位列三公之首，與太尉、御史大夫分治國家事務，皇嚴之下，丞相是政府首長，太尉是軍事首長，御史大夫是紀律檢察首長。丞相下轄十三曹，相當於今天國務院的十三個部委。須說明的是十三曹中有兵曹，漢代常規部隊不過七八萬人，但全民皆兵，每個男子二十三歲至五十六歲每年要服兵役（此年限史載有分歧），國家每年搞一個月「預務役訓練」，徵募和協調工作由兵曹擔任，這支部隊也承擔著今天「武警」的部分職能。漢代丞相的權力是很大的，如果和太尉聯手的話，皇權就被架空了。西漢和東漢都發生過這樣的事情，比如王莽，不僅是架空，乾脆一腳蹬開皇帝，自己篡了大位。

黃霸是漢宣帝劉詢的丞相，由潁川太守擢升太子太傅，做太子的老師，再升遷御史大夫，而後丞相。黃霸的政聲是治理郡縣有方，主要是精神文明建設搞得好。皇帝有詔書讚諭：「潁川太守霸，宣布詔書：百姓鄉化，孝子、弟弟、貞婦、順孫日以眾多，田者讓畔，道不拾遺，養視鰥寡，贍助貧窮，獄或八年亡重罪囚，吏民鄉於教化，興於行誼，可謂賢人君子矣」（鄉民不爲小事爭鬥、盜賊不興，鰥寡有所養，貧困有所助，爲任八年沒有重大刑事犯罪）。

黃霸任丞相後，即在全國推廣這一精神文明模式，郡國進京述職彙報工作的官員被分爲三等，「有耕者讓畔（田埂），男女異路，道不拾遺，及舉孝子弟弟貞婦者為一輩（等級），先上殿，舉而不知其人數者次之，不為條教者在後叩頭謝。」有典型成果的爲第一等，有具體措施典型不突出的爲第二等，既無措施也無典型的爲末等。「叩頭謝」，指的是要做出深刻檢討。漢代名臣張敞時任京兆尹，相當於今天北京市委書記，他對黃丞相這項措施很不滿，上書漢宣帝，措辭相當嚴厲。張敞認爲國家治理的根本是教化民風民心的樸素，這種抓道德表象的政策不僅會使官員弄虛作假，「敢挾詐偽以奸名譽」，還會導致民風敗壞，「澆淳散樸，並行偽貌，有名亡實，傾搖解怠，甚者為妖」。劉詢雖不是大帝，卻是明君，他不在乎損傷自己的面子，因爲有詔書在先，還是勇於改造，廢掉這種虛晃晃的工作模式，並罷免了黃霸的宰相職務。採納了張敞的諍言，這場政治秀由此被終結。

地位暴露人格，如果黃霸不做丞相，肯定會有很多人相信他是大丞相的材料。不幸的是，黃霸做了丞相，於是就有了《漢書·循吏傳》的史評：「霸材長於治民，及為丞相，總綱紀號令，風采不及丙、魏、于定國（丙吉、魏相、于定國均是漢宣帝時的丞相），功名損於治郡。」但黃霸也確是善政的地方大員，是難得的好官，任太守時，體恤民苦，廉政儉樸，「霸以外寬內明得吏民心，戶口歲增，治為天下第一」。世上的事情，開頭時都是千頭萬端的，但到了高聳地帶，難處差不多只剩下一個，就是叫格局或境界的那種東西，這道大坎邁不過去，就別硬撐了，認命吧。

曾經讀過一段話，據說是胡適說的，也沒查到具體出處，這段話碰巧偶合我寫這個文章想要表達的意思：「一個骯髒的國家，如果人人講規則而不是談道德，最終會變成一個有人味兒的正常國家，道德自然會逐漸回歸。一個乾淨的國家，如果人人都不講規則卻大談道德，談高尚，天天沒事兒就談道德規範，人人大公無私，最終這個國家會墮落成爲一個僞君子遍布的骯髒國家。」

西漢是沒有禁書的時代

西漢從西元前二〇六年至西元八年，經歷過十一位皇帝，再算上呂后和王莽，共有十三位國家領導人，二百一十年間，沒有查禁過一本書。究其原因，得從秦朝說起，秦朝的焚書，是中國大歷史裡的文化災難，是惡劣的政治對文化的一場浩劫。

「焚書令」具體是這麼規定的：「非秦記皆燒之。非博士官所職，天下敢有藏詩、書，百家語者，悉詣守、尉，雜燒之。有敢偶語詩，書者棄市（斬首示眾），以古非今者族（滿門抄斬）。吏見知而不舉者與同罪。令下三十日不燒，黥為城旦。所不去者，醫藥，卜筮，種樹之書。」諸國史書，《詩經》、《尚書》，諸子百家著作，是查禁的重點書目。不是記載秦國歷史的史書全部燒掉。普天之下，博士官署館藏之外的《詩經》、《尚書》，諸子百家著作，由郡縣的主官統一收繳，集中燒毀。有敢私下談論《詩經》、《尚書》的，斬首示眾，以古非今的，滿門抄斬。官員隱瞞實情不如實上報的，以同罪論處。命令下達三十日不燒，（當地的主官）臉上刺字，以罪人身分去築城守城。舉國之中不燒的只有醫藥、卜筮、種樹一類的書。五經中的《易經》沒有被秦火燒掉，就是沾了「卜筮」的光僥倖保全。

秦始皇是西元前二二一年統一六國登基建立秦朝的，七年後，西元前二一三年下達焚書令，又過了八年，西元前二〇六年，秦帝國滅亡。上天要滅亡一個大人物，是先讓這個人瘋狂，滅亡一個國家，也是這個樣子的。

我們今天見到的先秦典籍，絕大多數都是經由漢代搶救出來的，依靠儒生們的記憶整理國故，「漢儒附會所得」。漢代建國後，在文化廢墟上「退耕還林」，一點點恢復社會的文化生態，政府辦官學，同時鼓勵民間私塾講學，在全國範圍內徵集各種著作，不設門檻，沒有書禁，只要是書政府都歡迎。《漢書．藝文志》裡詳細記載了整理而得的書目，「大凡書，六略三十八種，五百九十六家，萬三千二百六十九卷」，其中儒家三千一百二十三卷，諸子百家四千三百二十四卷，兵家七百九十卷，圖四十三冊，雜家六千餘卷。漢代整理而得的這些書，在之後的三國、南北朝時期，又大量佚失。國家分裂狀態，書籍不過是沙漠化土地裡的野草，那種存在是朝不保夕的。

漢代還有一個重要的貢獻，就是創立了「學而優則仕」的選官制度，科舉制的前身——察舉制。察舉制是推薦制，各郡縣從熟讀五經的青年才俊中推薦出佼佼者，到首都長安集中學習一年，「一歲皆輒課」，再經過朝廷的嚴格考試，其優異者被選拔到相應的崗位。這是了不起的政治智慧，融讀書、國民教育、幹部選拔爲一體，既給平民百姓以希望之光，寒門子弟只要讀書有成就可以出人頭地。還有一點尤其重要，熟讀了中華傳統典籍才能取得做官員的上崗資格，這個舉措，確保了國家公務員的整體文化素質是以中國氣派做基礎的。

西漢兩百年，整個一個時代都沒有禁書，想一想都是讓人心曠神怡的事情。

中國古代官員，是有文化自信的

中國古代的官員，是有文化自信的。因爲是學而優則仕，要熟讀儒家經典，再經過科舉考試，成績突出的，才能取得做國家公務員的上崗資格。這種國家幹部選拔模式，由西漢至清末，由察舉制到科舉制，用了大約兩千年。儘管弊症也多，但至少有兩個好處：因爲是以讀書取仕，基本保證了官員的文化素質，在全體國民的平均值以上，其中有衆多官員，自身就是中國文化的專家，甚至是大家。對底層人的大門是敞開的，平頭百姓只要讀書有成，就有改變人生命運的機會，給普通人以希望之光，是中國古代社會的人權亮點。

西漢進行幹部體制改革，最初是無奈之舉，因爲新的權貴階層出現了，建國功臣的二代和三代在地方做大做強，甚至爆發了「七國之亂」，已經危及到國家安全，迫切需要對公務員的結構進行大換血。西漢的察舉制，是推薦制，被推薦者的前提，是《詩經》、《尙書》、《禮記》、《易經》、《春秋》這五部經典讀得出衆的。東漢擴爲「七經」，增加了《論語》和

《孝經》，隋唐之後科舉來了，必須經過嚴格規範的考試，考試範圍擴大到「十二經」，在「七經」的基礎上，把《禮記》、《春秋》這兩本書具體化，《春秋》細化爲闡釋研究《春秋》的「三傳」，《左氏春秋傳》、《春秋公羊傳》、《春秋穀梁傳》。《禮記》細化爲「三禮」，《周禮》、《儀禮》、《禮記》，再增加一部《爾雅》。到宋代，收入《孟子》，成爲眾所熟知的「十三經」。明清兩朝的科舉考試範圍縮小了，重點是「四書」，《論語》、《孟子》，之外還有《大學》和《中庸》，後兩部書是「三禮」中的部分章節。熟讀了「四書」，考個秀才是可以的，但要中舉人，進進士，不研究「十三經」是過不了關的。古代的官員都是經過儒家經典浸泡蒸煮過的，有中國心，自然是中國氣派。

秦始皇的焚書政策是西元前二一三年實施的，在全國範圍內大面積毀書，不單是書禁，主要是思想禁，禁書的重點是六國的史書，《詩經》、《尚書》，以及諸子百家著作。西元前二〇六年秦朝結束，這個大帝國僅存在了十五個年頭，不是被陳勝、吳廣的游擊隊打垮的，是自己把自己弄崩潰的。西漢建立之後，汲取秦的教訓，開書禁，解放思想，並且把思想同中國傳統智慧密切聯繫在一起，熟讀了「五經」，才能出仕做官，這是西漢帝國的大器之處。

古代的幹部教育，重視中國智慧的同時，還重視對《禮記》這部書的研究和普及，禮是規矩，禮儀之邦是規矩之國的意思。《禮記》是中國規矩和中國秩序集大成著作。中國古代的政治，要求國民守規矩，但要求官員懂規矩，用規矩，並帶頭守規矩。通常禮和樂關聯在一起表述，即禮樂制度。樂是《樂經》，孔子晚年刪定「六經」，「五經」之外還有《樂經》，但這本書毀於秦火，佚失了。漢代儒生憑記憶整理出一部分，併入《禮記》之中。樂的核心是心態，一個人做成大事，健康的心態很重要。一個大國，尤其要有大國心態。「廣博易良，《樂》教也」，「《樂》之失，奢」奢是過分，也含有形式化的意思。大國心態，要防止過分之舉，也要以形式主義爲戒。

算緡和告緡

緡，是舊時串銅錢的繩子，由此成了量詞，一緡，爲一千文。算緡是漢武帝頒行的營業稅種，課徵對象是工商業者及手工行當，舊稱「賈人末作」。末作即末業，農爲本，商賈爲末。

算緡的徵收方式是經營者自行申報財產，「各以其物自占」，依財產納稅。「率緡錢二千取算一」，一算是一百二十文，兩千文繳一百二十，稅率爲百分之六，小業主減半，「率緡錢四千算一」。算緡裡還有車船稅，「軺車」繳納一算，軺車是以前的豪華私家車，是奢侈品。軺即遙，「四向遠望之車也」。「吏比者、三老、北邊騎士」的軺車是公務車，不在徵收之列。「商賈人軺車二算，船五丈以上一算」。如果隱匿不報，或不據實申報，懲罰是嚴厲的，「匿不自占，占不悉，戍邊一歲，沒入緡錢」。「算緡令」是西元前一一九年頒行的，爲確保政令暢通，作爲配套措施，西元前一一八年和一一四年，兩度發布「告緡令」，鼓勵百姓檢舉揭發，「有能告者，以其半畀之」，檢舉人可獲得罰沒金一半的獎勵。

算緡是中國大歷史裡農業稅之外的首項財產稅，爲開拓之屬。功益處在於不加重農民負擔，「富國非一道」「富國何必用本農」「無末業則本業何出」。西漢初年的農業稅是十分之一，比較高，文帝免了十二年稅，後降爲十五分之一，景帝再大幅降爲三十分之一。漢武帝是有作爲的皇帝，有作爲，就是多做大事情。武帝北征匈奴，南威夷越，又好大喜功，在賞賜上也是大手筆，「北至朔方，東封泰山，巡海上，旁北邊以歸。所過賞賜，用帛百餘萬匹，錢、金以巨萬計。」舉一個武帝的實例，漢使赴身毒國（即印度）出訪，中途在昆明國受阻，未遂而返。武帝「乃大修昆明池」，在西安西南郊鑿湖四十里，「作昆明池象之，以習水戰」。造大小戰船幾百艘，「治樓船，高十餘丈，旗幟加其上，甚壯」。武帝有點像今天的美國總統，外交上稍受挫折，即展現武力雄風。大作爲是以國庫堅實爲前提的，武帝沒有增加農業稅，而是把手伸進了商人的口袋。

漢代的商人有「市籍」，即城市戶口。「賈人有市籍，及家屬，皆無得名田，以便農。敢犯令，沒入田貨」。國家明文規定，賈人名下不能有土地。早先的城市戶口和今天的農村戶口差不多，不太受人愛戴。

告緡這道法令值得反思。告緡的收效是巨大的，「得民財物以億計，奴婢以千萬數，田，大縣數百頃，小縣百餘頃，宅亦如之」。但是，「商賈中家以上大氐破」，中國的商貿業終武帝一朝陷入了毀滅性的泥沼。比這更可怕的是，告緡使民風敗惡，倡導誠信反而使誠信淪喪，百姓風行給政府打小報告，做政府的密探，「民媮甘食好衣，不事畜臧之業」。

武帝時期有一位納稅楷模叫卜式，洛陽人，以養羊爲業，後來發展成規模化養殖，有幾千頭吧。他在兩次戰爭中受到武帝重獎，並且被破格提拔爲官。一次是北戰匈奴，卜式上書，願捐出一半家產。「天子乃超拜式為中郎，賜爵左庶長，田十頃，布告天下」。「超拜」，即是破格提拔。另一次是南征，卜式又上書，「願父子死南粤」。「天子下詔褒揚，賜爵關內侯，黃金四十斤，田十頃，布告天下」。後又拜御史大夫，由地方官晉爲京官，但不久卜式就失寵了，因爲對車船稅提了反對意見。「船有算，商者少，物貴」。「上不說（悅）……貶為太子太傅」，名噪一時的擁軍愛國明星去履任閒職了。

經濟政策是用來富國的，如果淪落爲政府斂錢的手段，就是誤國了。

〈食貨志〉裡的一筆良心賬

《漢書．食貨志》是闡述漢代三農問題及國家財政手段的大文章。食貨的定義是，「洪範八政，一曰食，二曰貨，食謂農殖嘉穀可食之物，貨謂布帛可衣，及金、刀、龜、貝，所以分財布利通有無者也。二者，生民之本，與自神農之世。」

今天有一個時尙詞，叫新農村建設。〈食貨志〉裡講的，是中國的老農村建設。以前的史官，是記錄國家歷史的官員，也是給國家做頂層設計的行家。在〈食貨志〉裡，班固規劃了一個村莊藍圖：

八戶人家，井田一方，九百畝爲一村落。每戶「各受私田百畝，公田十畝，是為八百八十畝，餘二十畝以為廬舍」。八戶人家各擁有兩處屋所，農忙時田野裡一處，秋收後邑里一處。「在野曰廬，在邑曰里」「春令民畢出在野，冬則畢入於邑」。每戶受十畝公田，是預防鄰里糾紛。誰家房基地寬了，誰家的莊稼爬到別人地裡去了，這一類的隱怨可免除。「出入相友，守望相助，疾病相救，民是以和睦」。

以前的百姓不叫公民，叫子民，皇帝是家長，老有所養，少有所教是國家義務。「民年二十受田，六十歸田。七十以上，上所養也；十歲以下，上所長也；十一以上，上所強也。」人到七十古來稀，七十歲以上的老人，國家要贍養。十歲以下的孩子，地方政府有責任保護他們健康成長。十一歲到二十歲「受田」之前，地方政府要督促他們奮發好強。教育是政府的重要工作。「里有序而鄉有庠，序以明教，庠則行禮而視化焉。」「八歲入小學，學六甲，五方，書計之事，始知室家長幼之節。十五入大學，學先聖禮樂而知朝廷君臣之禮。其有秀異者，移鄉學於庠序；庠序之異者，移國學於少學。諸侯歲共少學之異者於天子。」在小學學習做人做事的道理，十五歲以後才進行愛國愛黨以及專業教育。班固的這個設計是合情理的，在小學學習做人，年齡大一些，再學習別的。小學階段是不適宜進行「革命接班人」訓練的。

「理民之道，地著為本」，農民安心生產生活，踏實過日子，國家才會平穩安定。怎麼讓農民安心呢？班固爲農民說話，也爲農民算了一筆良心賬，讀著既怵目，也讓人沉思。以五口人家爲例，種田一百畝，以畝產一點五石計，收成是一百五十石，上繳百分之十的農業稅，十五石。月每人均口糧一點五石，全家一年需九十石填飽肚子。餘糧四百五十石。當年每石糧食市場價是三十錢，銷售後，收入一千三百五十錢。再除去日常開銷，衣物等項，每人每年三百錢，需一千五百錢。教育、祭祀（社閭嘗新，春秋之祠）費用約三百錢。五口之家辛苦勞務一年，淨虧四百五十錢，且「不幸疾病死喪之費，及上賦斂，又未與此」。

面對農民的這種生存壓力，政府必須介入，這是政府的應盡之責。班固例舉了戰國時期的「魏國模式」，鼓勵增產增收與政府平準糧價相結合，豐收年，政府以高於市場價格收購糧食，做爲國家儲備。災年，再以低價開倉濟民救市。班固清醒的認識到，平準市價的最大受益者不是農民，而是政府。「糴甚貴傷民，甚賤傷農。民傷則離散，農傷則國貧，故甚貴與甚賤，其傷一也。善為國者，使民毋傷而農益勸」。

《食貨志》裡還細緻地介紹了幾種先進的農耕方法，包括新發明的農用機械，該算做當時的農業高科技。

漢文帝的偉大之舉是減免農業稅。先由十分之一減至十五分之一，後聽從賈誼晁錯建言，全部免除，「乃下詔賜民十二年租稅之半。明年，遂除民田之租稅」。十三年後，景帝二年，又大幅降爲三十分之一，「令民半出田租，三十而稅一也」。

二〇〇四年，中國部分省市試點免除農業稅，二〇〇六年起全國免除農業稅，取消菸葉以外的農林特產稅。這是一項大好的政策。但當年一家大報有一句評述，「中國延續了兩千六百多年的『皇糧國稅』走進了歷史博物館。」這位作者，可能沒讀過〈食貨志〉。

還有一點需警惕，當下農用物資的亂漲價，是給這項好國策打折扣的。

八政與九疇

〈洪範〉一文出於《尚書》，講帝王術的，是對話體例。

武王克服殷商典立周朝，向箕子問政，箕子以大禹治水，洪水就範開題，講述了天子必須具備的九門學問。後人稱之爲洪範九疇。洪範這個詞由此被引義爲崇高規範。

箕子是商朝的持不同政見者。《論語》裡有一句話，「微子去之，箕子為之奴，比干諫而死。子曰，殷有三仁。」這句話有點籠統，但微言大義，點出了殷商失國的最大癥結是失仁。《史記．微子世家》講得具體，也形象生動。微子、箕子、比干是殷商重臣，也是紂王的反對黨。微子是紂王的長兄，箕子和比干輩分高，是親叔叔。三位政治人物三種人生走向，三種結局。微子先流亡，後投誠武王，「肉袒面縛，左牽羊，右把茅，膝行而前以告。於是武王乃釋微子，復其位如故」。微子後來鼻祖宋國。比干因直諫遭挖心而慘死。箕子先裝瘋，再爲奴，後遠走東此，開疆拓土，建立了朝鮮國。「武王既克殷，訪問箕子」（《史記．微子世家》）。這次訪問的成果就是留傳下了〈洪範〉這個大文章。武王給箕子的報酬也是巨大的，「於是武王乃封箕子於朝鮮而不臣也」（《史記・宋微子世家》）。中國與朝鮮是兄弟國家自武王封箕子始。

《洪範》九疇的具體內容是：一曰五行（水火木金土）；敬用五事（貌言視聽思）；農用八政（食、貨、祀、司空、司徒、司寇、禮、兵）；協用五紀（歲、月、日、星辰、歷數）；建用皇極；又用三德（正直、剛克、柔克）；明用稽疑（卜筮）；念用庶徵（天地的預兆徵象）；向用五福（壽、富、康寧、攸好德、孝終命），威用六極（凶、疾、憂、貧、惡、弱）。〈洪範〉一文濃縮中國傳統文化的骨髓，被後朝高度重視，是太子的必讀書，也是皇帝的工具書。

九疇裡的農用八政，講國家管理的八個層面，是最早的國八條。食，泛指農業。貨，金融，財稅、工商貿易。祀是敬，是謝天謝地。「天子祭天地，祭四方，諸侯祭域內山川」。古人很少講重整舊河山、人定勝天這一類硬茬子話。中華人民共和國建國六十餘年，在江河治理上下手太過重，黃河時而斷流，以及一些中小河流嚴重縮水甚至乾涸問題應視爲教訓被汲取。司空是城鄉基本建設。司徒是教育。司寇即司法。禮是法律行規，政府的文風，百姓的民風及精神文明。兵指軍事。古代的幹部考核，也是以「八政」做基礎的，比如唐朝的「四善二十七最」，考核官員業務能力的各項指標規定得很具體。在古人的認識裡，一個公務員，僅有政治覺悟，是不稱職的。

〈洪範〉九疇，是《漢書》寫作的指導思想，也是《漢書》成爲一部中國大書的基本所在。我們今人修史或著書，用什麼作爲指導思想，我覺著到了需要認真思考和慎重對待的時候了。

采風是怎麼一回事

采風的正義，是民意調查。

早先的君王，與後世的情景差不多，從身邊人嘴裡聽到的，基本上全是好聽的，動聽的，耐聽的，真話與實情基本上聽不到。爲防止被與世隔絕，就開通了這條洞察民間冷暖的文路。采風主要是采詩，採集老百姓創作的反映日常甘苦的詩。早先的詩，與後來的詩也有點區別，後來人寫詩，多顯示文學上的才能，是文學創作，爲做詩人而寫，爲出版詩集而寫。早先的詩主要是抒寫人活著各種各樣的難受，各種各樣的不容易。是即興的，是有感而發的，是有的放矢的。有點類似今天的手機短信，國家出臺了新政策，或者社會上有了突發事件，百姓裡的智者就及時地做出導讀或點評。

典籍裡是這樣記述「采詩」以及詩定義的：

> 從十月盡正月止，男女有所怨恨，相從而歌，饑者歌其食，勞者歌其事。男年六十，女年五十無子者，官衣食之，使之民間求詩，鄉移於邑，邑移於國，國以聞於天子。故王者不出牖戶，盡知天下所苦，不下堂而知四方。（《春秋公羊傳注疏》）
>
> 故古有采詩之官，王者所以觀風俗，知得失，自考正也。（《漢書．藝文志》）
>
> 孟春之月，群居者將散，行人振木鐸徇於路以采詩，獻之大師，比其音律，以聞於天子。故曰王者不窺牖戶而知天下。（《漢書．食貨志》）
>
> 誦其言謂之詩，詠其聲謂之歌。（《漢書．藝文志》）
>
> 《詩》以正言、義之用也。（《漢書．藝文志》）

「官衣食之」，穿著官服，領著官員俸祿，用今天的話講，叫比照公務員。采詩機構，相當於文聯這樣的部門。「行人振木鐸徇於路以采詩」，采詩官搖著木鐸沿路采詩。木鐸，是早先的響器，大鈴，銅製木舌。古代有重要政令出臺，或重大節點日子才使用木鐸，「古者將有新令，必奮木鐸以警眾，使明聽也」，「文事奮木鐸，武事奮金鐸」，比如春分這個節令，春分早先的稱呼叫日夜分，「是月也，日夜分，雷乃發聲，始電，蟄蟲咸動，啟戶始出。先雷三日，奮木鐸以令兆民曰：『雷將發聲，有不戒其容止者，生子不備，必有凶災。』」這是《禮記》裡的話，意思是，進入春分，雷聲發作，間或閃電，冬眠蟲類覺醒，破土而出。春分前三天，要搖著木鐸警示百姓，「雷聲即將發作，言行舉止有不守禮儀規則的（天將懲戒），生下的孩子會有缺陷，還會有別的凶象」。日夜分，是天循法則，人也要守社會的法則。以這個層面爲出發點，就容易理解《論語》裡的這句話了，「天下之失道也久矣，天將以夫子為木鐸。」

以前詩官采詩，側重「怨刺之詩」，如果國家沒有發生重大功德事情，沒來由的對政府或領導歌功頌德，被視爲詩裡的下作，不被採信。當年的君王真夠了不起的，他們進行民意調查，不是往各地派出工作組，工作組收集上來的意見大概不夠鮮活，百姓因爲有所顧慮也不一定敢說實話，在信息交通手段那麼差的時代，有采詩這樣的政策，應視爲大的政治智慧。

采詩制度真正的實施，其實也是很有限的。在隋朝已經有人發出了感慨，「諸侯不貢詩，天子不采風，樂官不達雅，國史不明變，嗚呼，斯則久矣。」清朝的畫家俞蛟也有調侃的句子，「采風問俗，紀載宜詳；品翠題紅，篇章爭麗。」今天也倡行采風，說「采風問俗，紀載宜詳」有些奢望，但願「品翠題紅，篇章爭麗」少一些，盡可能地說幾句真話和實話吧。

使時見用　功化必盛

文章當合時宜而著。

合時宜，是切合社會進程的大節奏，而不是一時的節拍或鼓點。寫文章的人，宜心明眼亮心沉著，看出世態的焦點所在，看出社會的趨勢之變。文章一旦失去時代社會的實感，失去真知和真情，就衰落了。

《食貨志》裡引述賈誼兩篇文章：〈論積貯疏〉和〈諫鑄錢疏〉。以及晁錯一篇文章，〈論貴粟疏〉。〈論積貯疏〉著眼於國家儲備，〈論貴粟疏〉講國家糧食安全的迫切。漢代建立在暴政之後，說好聽一點叫百廢待興，實際上是國力疲敝，民不聊生，當務之急是安農務業，明白「理民之道，地著爲本」的道理。「一夫不耕，或受之饑；一女不織，或受之寒。」「漢之為漢幾四十年矣，公私之積，猶可哀痛。失時不雨，民且狼顧；歲惡不入，請賣爵子。」「夫積貯者，天下之大命也。苟粟多而財有餘，何為而不成？」「故務民於農桑，薄賦斂，廣畜積，以實倉廩，備水旱，故民可得而有也。」這些金玉良言是真知灼見，也是漢代文景之治的基石。

〈諫鑄錢疏〉講貨幣改革。漢朝立國，貨幣上仍襲秦制，用的是「十二銖錢」，百姓俗稱「秦半兩」，古制一兩二十四銖。呂后掌權柄後，銅資源匱乏，縮水爲「八銖錢」，漢文帝再縮，爲「四銖錢」，當時的貨幣不由國家銀行統一發行，而是允許私鑄，銅礦掌握在幾位王公貴冑私門，大的利益被他們霸占了，小商人也是各出奇招，甚至用銼刀把銅錢銼薄銼窄，用銅屑再鑄。當時的錢質量不一，有的不足一銖錢，大小如「榆莢」，被譏爲「榆莢半兩」。賈誼上奏，據陳弊害，力主廢止私鑄，由中央統一製行。但礙於時政，文景二帝均未能實施，直到漢武帝元狩四年，才頒令禁私鑄，先製「三銖錢」，僅發行一年又廢止，再發行「五銖錢」，沿行七百餘年，成爲世界上被使用最久的貨幣一種。

賈誼和晁錯的文章之大，就大在合時宜。

賈誼是洛陽人，十八歲「以能誦詩屬書聞於郡中」，二十一歲被漢文帝召爲博士，「每詔令議下，諸老先生不能言，賈生盡為之對，人人各如其意所欲出。諸生於是乃以為能，不及也。孝文帝說（悅）之，超遷，一歲中至太中大夫」。超遷，是破格提拔。但「宮廷水深，惟定力能夠」，僅僅兩年，賈誼因「年少初學，專欲擅權，紛亂諸事」貶爲長沙王太傅。過湘水時，寫了〈弔屈原賦〉。在長沙期間，一天黃昏，有鵩鳥飛入其室，鵩鳥是不祥鳥，傷時嘆歲之餘又寫出〈鵩鳥賦〉。

二十八歲時，賈誼回到長安，轉任文帝幼子梁懷王劉揖太傅，這一時期又振奮起來，寫出了倍受毛澤東推崇的〈陳政事疏〉，又稱〈治安策〉。三十二歲時候，梁懷王墜馬身亡，第二年，賈誼亦憂鬱而終。

司馬遷給賈誼的評語是，「讀〈鵩鳥賦〉，同死生，輕去就，又爽然自失矣。」

班固〈賈誼傳〉的結論爲：「贊曰：劉向稱『賈誼言三代與秦治亂之意，其論甚美，通達國體，雖古之伊、管未能遠過也。使時見用，功化必盛。為庸臣所害，甚可悼痛。』追觀孝文玄默躬行以移風俗，誼之所陳略施行矣。及欲改定制度，以漢為土德，色上黃，數用五，及欲試屬國，施五餌三表以系單于，其術固以疏矣。誼以天年早終，雖不至公卿，未為不遇也。凡所著述五十八篇，掇其切於世事者著於傳云。」

毛澤東有兩首詩，是專寫賈誼的，一首七律，一首七絕。

少年倜儻廊廟才，壯志未酬事堪哀。
胸羅文章兵百萬，膽照華國樹千臺。

雄英無計傾聖主，高節終竟受疑猜。
千古同惜長沙傅，空白汨羅步塵埃。

賈生才調世無倫，哭泣情懷弔屈文。
梁王墜馬尋常事，何用哀傷付一生。

晁錯是潁川人，在今天的禹川一帶。

晁錯先治刑名之學，再拜儒家，敢言敢諫敢爲，政治資歷也厚實。文帝時「以文學為太常掌故」，之後，「詔以為太子舍人，門大夫，家令，以其辯得幸太子，太子家號曰『智囊』。」文帝山崩，太子即位爲景帝，「以錯為內史」，內史位高權重，是皇帝祕書，後升遷御史大夫。

《漢書．藝文志》把賈誼列爲諸子，把晁錯歸入法家，晁錯文章存目三十一篇，但多數佚失，現存的散見於《漢書》裡，有〈論貴粟疏〉、〈言兵事書〉、〈守邊勸農疏〉、〈募民實塞疏〉等。

司馬遷給晁錯的評價是，「峭直刻深」。《史記》有〈袁盎晁錯列傳〉。司馬遷把袁盎和晁錯排放一起是有用心的，兩個人同爲股肱大臣，卻是政敵，是死對頭。「盎素不好晁錯，晁錯所居坐，盎去；盎坐，錯亦去，兩人未嘗同堂語。」晁錯藉吳楚七國之亂想除掉袁盎，但袁盎功力深一籌，搶先半步，以「斬錯以謝吳，吳兵乃可罷」說服景帝。晁錯被「上令晁錯衣朝衣斬東市」。穿著官服在長安東市被腰斬。

晁錯政治見解高明，但政治技術一般，性格也糙一些，「諸大功臣多不好錯」。《史記》裡記載了兩個細節，略可見晁錯的生硬一面。任職皇帝祕書時，內史府緊鄰太上廟，門朝東，出入不太方便，晁錯便鑿了太上廟的牆從南門出。太廟是皇帝奉祖的地方，鑿太廟是大不敬，是死罪。宰相申徒嘉也是不太待見晁錯，如果不是皇帝出面調和，這件事足以要了晁錯的命。

景帝時期，地方諸侯勢力頗大，晁錯上書請求削藩。此事在朝中爭議很大，晁錯父親聽說後，從潁川急匆匆趕到京城長安，力勸晁錯停止這件事，晁錯堅持己見。「錯父曰：『劉氏安矣，而晁氏危矣，吾去公歸矣！』遂飲藥死，曰：『吾不忍見禍及吾身。』死十餘日，吳楚七國果反，以誅錯為名。」晁錯爲國家謀事辦差，是背著逆父害父的惡名聲的。

賈誼和晁錯都是興國的曠世人才，漢代有文景之治的大好局面，是得到這兩位人物的智慧因果的。興國人才，不一定是治國人才，雖有不全備之憾，還是班固概括得好，評價也中肯到位——「使時見用，功化必盛」。

苜蓿　蒲桃錦　身毒國

《西京雜記》是記載漢長安城風物時事的書，是晉人葛洪寫的，也可以說是編撰輯錄的。葛洪是道家，是名醫，還是煉丹大師傅，當年的學者熱衷這類事。

中國人以歐美的東西為奢侈品，漢朝時候熱行西域貨物。西安開一個關於絲綢之路的重要會議，我從《西京雜記》裡找出「苜蓿、蒲桃錦、身毒國」的記載作為談資，某天會上一高興閒扯了別的，這三個小細節忘了說了，補記在這裡吧：

> 樂遊苑自生玫瑰樹，樹下多苜蓿。苜蓿一名懷風，時人或謂之光風，風在其間，常蕭蕭然，日照其花，有光采，故名苜蓿為懷風。茂陵人謂之連枝草。（《西京雜記》）

苜蓿是張騫出使西域從大宛國帶回來的，是當年的稀罕植物。「懷風、光風、連枝草」，這些稱謂多麼可憐生動。茂陵是漢武帝百年之後的藏身之處，在長安北邊。樂遊苑在長安南面，是漢宣帝建設的皇家園林，宣帝山崩後，亦葬身其中，號杜陵。

霍光妻遺淳于衍蒲桃錦二十四匹，散花綾二十五匹。（《西京雜記》）

蒲桃即葡萄，也是從西域引進的。《史記》裡司馬遷寫爲「蒲陶」。霍光是霍去病的弟弟，漢朝輔國重臣。淳于衍是許皇后的女醫官。輔國重臣妻子爲什麼送昂貴的葡萄紋飾的錦繡給女醫官，這其中隱著一幕驚天血案。許皇后是漢宣帝正宮，霍光妻子意圖讓小女兒成君取而代之，賄賂淳于衍，在錦綾珠寶之外，還有「錢百萬，黃金百兩，為起第宅，奴婢不可勝數」。許皇后中毒身亡，霍光小女兒如願入宮，但成於斯也敗於斯，事端敗露後，霍氏滿門被誅滅個乾乾淨淨。

宣帝被收繫郡邸獄，臂上猶帶史良娣合彩婉轉絲繩，繫身毒國寶鏡一枚，大如八銖錢。（《西京雜記》）

身毒國是古印度的音譯名，又稱天竺。《史記》裡的記載是，「其人民乘象以戰，其國臨大水焉」，「今身毒國又居大夏東南數千里，有蜀物」。八銖錢，秦貨幣名，漢襲秦制。銖，計量單位，一斤十六兩，一兩二十四銖。

絲綢之路是強大國家的貿易路、外交路，也是民生路。政府貿易帶動民間貿易，國家往來激發民間往來。絲綢之路的起點是政治，但落腳點在民生層面上。如今有些事，起點是政治，落腳點還是政治。這樣的事，老百姓是不和政府玩的。

絲綢之路是與人爲善的和平路。這條路上往來的是絲綢、瓷器、茶葉、葡萄、苜蓿，沒有飛機大砲。今天有「和平崛起」這個口號，完全沒有必要這麼說，「人不犯我，我不犯人」是中國祖傳的生存哲學。今天強大的美國給世界主要賣什麼？除了飛機導彈之外也賣民主，但你要是不買我這個民主，我就顛覆掉你這個政府，伊拉克就是個具體例子。嘴上喊著民主，用的手段是違背民主的。

中國和美國，最初是意識形態之爭，美國要在全球消滅共產主義。如今是貨幣之爭，貿易之爭，但根本上還是意識形態之爭，只是眼前的熱鬧遮蔽了這個根本。強大的文化是強大國家之本，一個國家的意識形態占不了上風，不太可能實現大國夢。日本可以當個參照物，經濟上再了不起，也得跟著別的國家屁股後邊跑。

文學，文風，與文化氣質

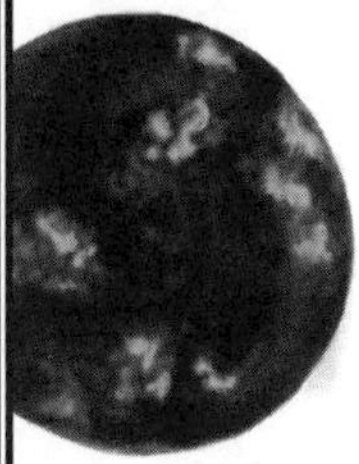

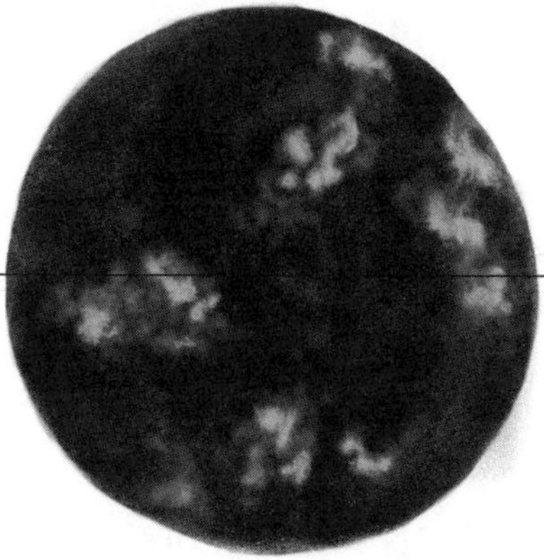

文而不化不叫文化

有兩句老話是對應著說的。一句是「半部《論語》治天下」，一句是「百無一用是書生」。前邊一句講了文化的巨大力量與能量，後邊一句話講的是把書讀死了的嚴重後果。讀書是吃飯，吃飯長身體，但長身體不是目的，要用結實的身子骨做事情。能吃不能幹的，俗話叫飯桶。讀死書的叫書呆子，叫書蟲，大廟的藏經閣裡書蟲很多，啃的都是經典，但小身子骨永遠都那麼大。

文要化開，文而不化不叫文化，化開之後是怎麼樣的狀態呢？

我舉幾個例子：

在鄉下，差不多每個村子都有那麼一種人，誰家有婚喪嫁娶的事，都會請他去經理，做執事。這個人不是村長，也不一定讀過多少書，但大家信得過他，他有公信力，能把事情料理妥當。這種人就是把「文」化開了。中國的歷史長，傳統文明裡的一些原則東西，既可以從書本裡面讀到，也可以從民約民俗裡體會到，還可以在戲文故事裡領悟到，而且後兩者是活靈活現的。在中國，即使是很偏僻的村子，可能大部分人沒讀過什麼書，但中國傳統文化中核心的那些東西，如仁義禮智信什麼的，都很熟悉，這是中國特色。現在有大學生村官制度，這是新生事物。這種方法對有的村子可能好，但不一定適合所有的村子，不能一刀切。中國的農村問題厚重雜蕪，有些是用新知識能解決好的，有些則解決不好，或者說不好解決。

再比如「空」這個字。

這個字和佛有點關係，很雅。空有兩層基本意思，表面的一層是沒有，空城計，空屋子，「山中竹筍，嘴尖皮厚腹中空」。深的一層是有，而且是大有。天空裡東西很多，太空裡更多，但我們的智慧有限，認知的東西很有限。西安有一句土話，是形容人深藏不露的，很形象，很傳神，「不要看那人空著手，就以爲什麼也沒拿」。

空還有上境界的指向，「老僧入定」，「照見五蘊皆空」，即是如此指示。有一宗禪門公案，唐朝一位大和尚叫慧忠禪師，六祖慧能的弟子，做過玄宗、肅宗、代宗三朝國師。肅宗初即位的時候，給慧忠禪師做過兩次水平測試，之後才心悅誠服。第一次是聊天，肅宗問慧忠，「國師當年從六祖那裡都學到了什麼？」慧忠抬頭看著遠處說，「您看到天上的雲了麼？」「看到了，有很多。」「請您裁一塊下來，裝框子裡，讓我掛在牆上吧。」

這次聊天讓肅宗心裡不太高興，覺得自己提的這個問題沒水平。過了一段時間，從印度來了一位懂神通的藩僧，在唐朝時候，印度來了和尚地位是很高的，相當于共產黨在延安時期從蘇聯來了懂馬列主義的。這位藩僧也了不起，有「他心通」的功夫。「他心通」就是眼睛看看你，就知道你心裡想什麼。肅宗安排兩位高僧見面，試試彼此的水深。兩位見面，客套寒暄之後，慧忠問，「我聽說國師有他心通的法力？」

「懂一點，還須向您請教。」

「請國師看看我現在在哪裡？」

「您是一國之師，怎麼到西川划船去了？」

停了一會，慧忠又問，「現在呢？」

「您又去東邊了，在洛陽的天津橋上看耍猴呢。」

「請您現在再看。」慧忠禪師把身子坐端了，臉定平了。

印度和尚看了挺長時間，起身施禮，退著出去了。他心通的法門在于捕捉人的念頭，心動念動，賊一出手，才會被警察抓住。人是活念頭的，任何事情都是由起念開始。萬念俱灰，指的是一個人活膩了，什麼也不想了。老僧入定，修行的即是心念不動，賊不出手，警察沒有辦法。慧忠禪師入定了，心念沉寂，印度和尚眼前的景象如觀滄海，茫茫一片。禪宗是印度佛教進入中國之後的「中國化」的產物，升了一層境界，上了一個大臺階。「他心通」在印度佛教裡是正經功夫，但在中國的佛教裡邊，被視爲「旁門左道」，不入大轍。我們也經常講馬克思主義「中國化」，外來的東西「中國化」，是需要時間的，更需要智慧。

文要化開是一個層面，但化開之後還要更上層樓。文與化是相互砥礪相互促進的。孫行者法名悟空，孫猴子本事高強，但僅僅本事大不夠，還要需上境界。

文化是有血有肉的

文化是活的。或者換一種說法，有生命力的文化，才會持續持久。梁漱溟老人給文化下過一個定義，「吾人生活所依靠的一切」。

怎麼樣理解這句話呢？

吃是飲食文化，吃後邊有農業文化。穿是服飾文化，穿後邊有工業文化。吃穿後邊還都有商業文化。正在流行的叫時尚文化，已經過時的叫落後文化。居家是建築文化，出行是交通文化，和平的日子有休閒文化，戰爭年月有軍事文化，人們的生老病死是民俗文化。人的成長要接受教育，國家發達要靠科技，數典不忘祖是把根扎在傳統文化裡，一個民族在世界之林裡真正的強大還要開放著吸收族外文化。

一個人做事情的方式，是一個人的性格，叫個性。一個區域裡的人做事情的方式，這種集體性格沉澱下來，就叫文化。

在中國，這種集體性格的差異是明顯的，也是很具體的。生活在黃河流域和長江流域的人，衣食住行之間的差異很大。在黃河流域，陝西人，甘肅人，山西人是近鄰，河南人與山東人是近鄰，青海人和寧夏人是近鄰，但近鄰之間的集體性格差異很明顯。在長江流域，湖南人和湖北人，江浙人和上海人，差異也迥然存在著。再往遠處說，北京人和廣東人，南轅北轍的差異更突出。

就陝西一個省而言，關中人，陝南人，陝北人，三個地方的差異也很大。在關中，西府人和東府人有區別。在陝北，延安人和榆林人有區別。在陝南，商洛、漢中、安康人也是如此。我們有兩句涉及文化性格的老話，一句叫「十里不同俗」。一方水土養一方人，民俗和習俗之間的差異是近距離的。另一句話叫「喝一江水長大的」。「君住長江頭，我住長江尾，日日思君不見君，共飲長江水。」後一句話指的是不同的文化性格裡還有相互融合貫通的一面。我們研究地域文化，既要看到相互區別的一面，還要尋找到相互融合，生發合力的一面。

一個地域的文化性格是一個地域的具體形象，是烙印一樣的東西，想甩都不好甩掉，比如上海人的仔細，東北人的粗獷，還有河南人怎麼樣怎麼樣。文化建設也是一個地域的形象建設，但這種形象建設不是一朝一夕或者「多快好省」可以幹成的，也不是發了財，有了點錢，文化形象就光輝高大了。如今中國的經濟是世界的老二，但中國人行爲做事的整體形象，在外國人眼裡，實事求是地說，不要說排在老二，前二十名排得進去嗎？

在這個問題上，應該講，當代中國人是愧對古人的，是給老祖宗丟臉的。中國以前叫「禮儀之邦」，各行當有各行當的規矩，「仁義禮智信」這些東西基本上是深入人心的。如今有兩個自我檢討的熱詞，「誠信缺失」和「信仰缺失」，其實都不太妥當，事實上是規矩缺失，我們如今做事情，很不遵守老祖宗的規矩。

如今政府高調講「繁榮文化」，我覺著首先應該對文化有個清楚清醒的認識。

化是講規律的

文化這個詞的重點是「化」字。

「化」是變化。有量變，有質變，還有說不清道不明的那種變。進化、演化、融化、沙漠化、老齡化，這些是量變。有一門基礎學科，叫化學，這是講質變的，一種東西裡加入另一種東西，會生成第三種東西。「化」還有很神祕的一面，佛門講世上的性命有「四生」，胎生、卵生、濕生和化生。胎生是人狗牛羊豬馬呀這些，懷胎生下的。卵生是雞鴨鵝鱉這些，蛋孵化出來的。濕生是蚊子蒼蠅這些髒物。濕生是魔鬼道，人只有做了極惡的事情之後，才遭報應轉世入魔鬼道。化生是另一番世界，蛹成蝶，羽化仙一類，還有更玄乎的，上輩子是什麼，這輩子脫胎換骨又變了什麼。

化是複雜的，但講規矩，是有內在規律的。

中國有三本書，是圍繞著「化」而成就的。一本是《易經》，「易」這個字的結構是日月變化，上爲日，下爲月。《易經》是中國人最早的世界觀，世界由「乾坤震巽坎離艮兌」八種元素構成，世界的複雜奧妙在于這八種元素之間深層次的作用與變化。《易經》主要講兩方面的內容：一是強調辨證，強調變化。再是強調不變，萬事萬物都在變化這一規律是不變的。後面一點很重要，不敢疏忽。人類是在對事物如何變化的認識中不斷進步和進化的，但人類犯下大的錯誤，往往與對不變的這一規律重視不夠有關。比如皇帝不想死，大臣不想退休，對科學的迷信，對一門科學的階段性認識不夠等等。

另外兩本，一是《禮記》，還有中國曆法，土話叫黃曆。

中國曆法是在對天體運行規律的認識過程中逐步完善定型的。

說說「三陽開泰」這個詞。三陽開泰指的是立春這一天。三陽指什麼？三陽是怎樣計算的？按中國舊曆的計算方法，一年的開始，從冬至那天算起，那一天，陽氣由地心向地面升發，稱爲一陽。二陽在小寒與大寒兩個節氣之間。每年二月四日前後，陽氣歷經一個半月的緩慢跋涉，終于突破地表，春回大地。

中國舊曆有六種，黃帝曆、顓頊曆、夏曆、殷曆、周曆、魯曆。用的多是夏曆、殷曆、周曆，這三種曆法舊稱三正。六種舊曆最大的區別是歲首的設置，即一年從哪個月份開始，以哪個月作爲正月。周曆以一陽初動紀元，以冬至所在的月份爲一年的開始，即今天的農曆十一月。殷曆以今天的臘月（農曆十二月）紀元。臘這個字是祭名，這個月裡，有很多天地神明要奉祭。夏曆的歲首與我們今天的正月相同。秦朝用的是顓頊曆，每年的歲首是冬至前一個月，即今天農曆十月，一年的開始不叫正月，叫端月。漢初仍襲秦制，到了漢武帝的時候，才廢「顓頊曆」，頒行「太初曆」，把歲首定爲今天的正月。

《禮記》這本書具體講怎樣遵守天地法則和社會法則，也講自然界與人相交叉那個神祕地段的法則，可以稱之爲宗教法則，即如何信奉祭祀各路神明。比如「社稷」這個詞，社是土地廟，稷是祭祀穀神的場所。再比如「踏春東行早」那句話，踏春是迎春，夏屬火，秋屬金，冬屬水，土居中央，春屬木，木屬東方。「盛德在木，迎春東郊」，迎春要往東邊去。還有，天旱怎麼祭，天澇怎麼祭，祈雨和禱雨有哪些區別。奉祭神明用的祭品也有具體的規定，天子用什麼，臣子和百姓用什麼，都是有嚴格規定的。

《禮記》具體講國家體序，社會體序，以及人的體序。

國體有三公九卿。三公是太師、太傅、太保。九卿是少師、少傅、少保、冢宰、司徒、宗伯、司馬、司寇、司空。

人的體序爲：人生十年曰幼，學；二十曰弱，冠；三十曰壯，室；四十曰強，仕；五十曰艾，服官政；六十曰耆，指使；七十曰老，而傳；八、九十曰耄；百年曰期，頤。

《禮記》這本書，是講規矩和禮數的，對人的行爲規範得很具體，但又不是簡單的教條，其中隱寓著大智慧。在中國古代，一年四季裡，人們每個月適宜幹什麼，不適宜幹什麼，要依天意而爲，發令員是老天爺，是大自然界。《禮記》第六是〈月令〉，具體講一年十二個月的當爲當行。我抽出事關春季的幾段話，大家瞧瞧：

（孟春）東風解凍，蟄蟲始振，魚上冰（魚由水底上游），獺祭魚（獺捕魚。獺捕魚之後，一條一條排在岸邊，之後食，類似人的祭祀），鴻雁來。

是月也，天氣下降，地氣上騰，天地和同，草木萌動。

是月也，犧牲毋用牝。禁止伐木，毋覆巢，毋殺孩蟲、胎、夭、飛鳥，毋麛，毋卵，毋聚大眾，毋置城郭。（這個月，祭品不用雌性，禁止伐樹，不能傾覆鳥畜巢穴，不殺幼蟲，不殺未出生、剛出生的幼鳥，不殺學習飛翔的鳥。不殺幼獸，不取卵。不聚集大眾，不興土木工程。）

是月也，不可以稱兵，稱兵必天殃。

（仲春）始雨水，桃始華，倉庚（黃鸝）鳴，鷹化為鳩。

是月也，日夜分，雷乃發聲，始電，蟄蟲咸動，啟戶始出。

是月也，毋作大事（軍事），以妨農之事。祀不用犧牲（殺生），用圭璧，更皮幣（鹿皮、束帛）。

（季春）桐始華（開花），田鼠化為鴽（鳥一種），虹始見，萍始生（池塘裡的浮萍）。

時雨將降，下水上騰，循行國邑，周視原野，修利堤防，道達溝瀆，開通道路，毋有障塞。

是月也，生氣方盛，陽氣發泄，句者畢出，萌者盡達，（後兩句爲屈生的芽破土，直生的芽成苗）。

不可以內（內即納，賦稅）。命有司發倉廩，賜貧窮，振乏絕。勉諸侯聘名士，禮賢者。

中國之所以叫文明古國，就是因爲有一整套完備細緻的規矩，這是很重要的文化傳統。改革開放以後，用三十年的時間，實現了經濟大飛躍，國家和百姓都富裕了，但是這些年，中國傳統中那些寬厚醇厚的東西，規範規則的東西，又隨風消逝了多少呢？社會生活裡發生的那麼多信仰與信任的危機問題，是多麼的嚴重和可怕。人情變得比紙還薄了。上個世紀初，有個口號叫「打倒孔家店」，把舊道德砸了一傢伙，但那時候懂舊規矩的人還多，下手不算太重。六七十年代「破四舊」，「文化大革命」橫掃一切牛鬼蛇神，連孔子都不叫了，叫孔老二。我們是真的善於摧毀一個舊世界，但在建設新世界，尤其在文化領域，社會公德層面做的太少太少。上世紀這兩次反孔批孔，把文化傳統裡好的不好的一鍋全端了，這些東西全端走了之後，用「學雷鋒」，「五講四美三熱愛」，「八榮八恥」這些簡陋的新道德是支撐不住社會大廈的。

在漢代，文學意味著什麼

文學這個詞，在漢代的觀念裡，比今天寬，也厚實。

文學一指文章經籍，《詩》、《尚書》、《禮記》、《易》、《春秋》五經之學。《史記．儒林列傳》寫到劉邦殺項羽之後，「高皇帝誅項籍，舉兵圍魯，魯中諸儒尚講誦習禮樂，弦歌之音不絕，……齊魯之間於文學，自古以來，其天性也。」「言《詩》於魯則申培公，於齊則轅固生，於燕則韓太傅。言《尚書》自濟南伏生。言《禮》自魯高堂生。言《易》自菑川田生。言《春秋》於齊魯自胡毋生，於趙自董仲舒。」

司馬遷借公孫弘之口給文學的定義是，「明天人分際，通古今之義，文章爾雅，訓辭深厚，恩施甚美。」當年的文學家有三個硬條件：飽學與真知灼見；文章筆法講究；還得「恩施甚美」，這個美字相當於今天美學裡的美，不是表面的，是深層次的，給社會，給人生帶來深層次的審美享受。杜甫有一句詩，與此遙相呼應，「文章千古事，聲名豈浪垂。」

在漢代，文學還是一種選官制度，當時科舉考試未興，是察舉制，推薦制，地方大員向中央舉薦的人才裡，即有賢良文學一科。賢良文學是當年的高端人才，屬特舉。大致的流程是，依皇帝詔令，地方官吏把舉子送至朝廷，皇上廷試，舉子策對，之後按見識高矮授官。皇上高興了，會追加提問，一策之後，還有二或三，董仲舒的「天人三策」就是這麼出籠的。賈誼和晁錯都是經歷這種嚴格遴選脫穎而出的。

漢代和今天有一點相類似，是依靠農民取得的政權，天下打下來了，但管理國家的經驗比較少。漢代是「漢襲秦制」，國家管理的多方制度沿襲秦朝。軍事上沿用「二十等軍功爵」，貨幣用「秦半兩」，（十二銖錢，舊制二十四銖爲一兩）。曆法用秦始皇頒行的「顓頊曆」，以顓頊曆紀年，一年伊始的首月，是今天農曆的十月，而且不叫正月，稱端月。漢朝經歷了劉邦、呂后、文帝、景帝之後，武帝是大帝，不僅開疆守土，還建規立制。實行貨幣改革，停「秦半兩」，用「五銖錢」。維新曆法，廢「顓頊曆」，頒行「太初曆」，我們今天的農曆紀年方法，是由太初曆完善而成的。

漢武帝在文化上的貢獻也是偉大的。秦朝是先軍政治，走軍國主義路線。武帝尚武更崇文，「今上（武帝）即位。……於是詔方正賢良志士」，「延文學儒者數百人」，「治禮次治掌故，以文學為官」，「自此以來，則公卿大夫士吏，斌斌多文學之士矣。」（《史記·儒林列傳》）「武帝即位，舉賢良文學之士前後百數。」（《漢書‧董仲舒傳》）文學在武帝時期是顯學，全國矚目。

漢代的文學觀是大方大器的，強調「文章爾雅，訓辭深厚」，但「明天人分際，通古今之義」是寫在前邊的。比如賈誼的文章，〈弔屈原賦〉、〈鵩鳥賦〉文辭講究，但〈過秦論〉被《史記》收錄，〈論積貯疏〉、〈論鑄幣疏〉被《漢書》收錄，因其洞察社會趨勢與走向，看破世道焦點所在，文學作品被史家採信，是大手筆。

真實 境界 表達

真實是什麼，真情實感又是怎麼樣的狀態？用《列子》裡的一個老故事照應著去看。一個河北人，也可能是遼寧南部人，戰國時候叫燕人。「燕人生於燕，長於楚，及老而還本國。」這位燕人老了，牙和頭髮掉得差不多了，葉落便歸根。由楚國到燕國，中間要經過不少國家。中國人自我標榜有一個詞，叫泱泱大國，指幅員遼闊，也指氣象萬千種。地域寬廣，但十里不同俗。以前，大中華是小國林立，西周時候最多有八百多個。戰國初期，《戰國策》裡有明確記載的還有一百多個。燕人歸故里，從南方到北方，要費很多周折的，如今交通方便了，但那個時候，道路不是通途，騎馬或坐馬車是標志性交通工具，很時尚，但是稀罕物，也代表身分，普通人無權享受。我估計燕人回家是一次遠足，所幸有家鄉人和他同行。同行人旅途枯燥了，想逗樂子尋開心，才走到晉國，指著晉城說，「這就是燕國城。」燕人「愀然變色」，進了城見到一座「社」，說，「這是你們村的土地廟。」燕人「喟然而嘆」。社稷一詞現在代指國家，在古代，社是敬祭土地神的地方，稷是敬祭穀神的地方。同行人指著「舍」（一個老房子），「這是你爺爺、爸爸住的地方，你也是在這裡出生的。」燕人「涓然而泣」，最後指著「冢」（墳地）說，「這是你家祖墳。」燕人「哭不自禁」，同行人一看事惹大了，「啞然大笑」說，「逗你玩呢，這是晉國。」燕人很不好意思，擦乾眼淚繼續前行，等到了燕國，回到了老家，見到了真實的「城社舍冢」，「悲心更微」，心情已經很淡定了。

以前的文章不浪費語言，用詞準確，但極生動，「愀然變色」、「喟然而嘆」、「涓然而泣」、「哭不自禁」、「啞然大笑」、「悲心更微」。這些複雜的感情變化，僅這些詞就惟妙惟肖，躍然紙上。

去僞存真，該是什麼就是什麼，不虛飾，不遮蔽，不刪減，不發酵。情感是主觀的，受控於主見，情感沒有明辨是非的功能。主見受蒙蔽的時候，情感也立竿見影。燕人在晉國的情緒失控，以及回到家鄉的「悲心更微」都是情感裡的真。淡定是踏實了的真，氣定神才閑呢。

真要落在實處，實有四層意味，結實和充實。還要有果實，要收穫結果。也要切中現實，思維裡的過時和落伍，會失去實。超前要特別留心，超前是以現實做基礎的。有一種寫作叫科幻，科學幻想，也是以現實做準星的，要通過現實去瞄遠方的那個東西。

「藝術真實高於生活真實。」這類雲山霧罩的話少說爲好，會加重文學創作領域假大空局面。至少，也不能把藝術創作中表達手段和表達目的混於一談。

在報紙上讀過一句話，「要濃墨重彩抒寫我們這個時代，」我覺得不太妥，一個人化濃妝，可能是去表演，也可能去參加一個什麼特定儀式，總之不是尋常的生態。大街上見一個人濃妝厚抹著走路，行人會側目。一個國家的文學史，也是歷史，而且是精神祕史。一個時代裡的作家紛紛濃墨重彩著去寫作，願望是好的，但效果不僅會失真，也會留笑柄。

文風樸素著好，別颳浮誇風。

一篇文章，或一本書，如果境界不夠，就不會留傳。境界是「虛」的，但要靠具體的「實」去體現。建築家造房子，設計師裁衣裳，好的作品和一般作品，區別是很具體的，甚至可以一目了然。杜甫講「安得廣廈千萬間」，指的是經濟適用房，他是詩人，不是建築家。好的建築家想的不是多造房子，而是怎麼造好一個房子，並且往具體裡想，往細節裡想，怎麼結構，怎麼布局，怎麼飛簷走壁，怎麼通風，怎麼採光，怎麼上下水。一座房子所需的具體東西都得到獨到的落實之後，整個房子才能上檔次。境界是被整體烘托出來的，整條河裡的水漲了，船自然就高了。衝浪不是航行，是一項刺激運動，那種思路直接導致了忽高忽低。

有一種說法，說文學寫作重要的環節，是選好一個題材，打磨好幾個細節，寫亮幾個人物，從這個角度講也可以，但這種挑肥去瘦的思路是應急的辦法，可以突擊去獲個什麼文學獎，或引起一時的反響。反響這個詞要留神，反響就是回聲，空氣不對流的地方才會有回聲。

境界這種東西，是高懸著的，要想表達清楚，措辭要到位。含糊不得，含糊了，得不到。境界的本意是區別。境地，境況，環境，邊境。界碑，界河，界限，眼界，心界，欲界，色界，無色界。

古漢語的表達是細緻到位的。比如：

絕高為之，京；非人為之，丘。

水注川曰溪；注溪曰谷；注谷曰溝；注溝曰澮；注澮曰瀆。

木謂之華；草謂之榮；不榮而實者謂之秀；榮而不實者謂之英。

有足謂之蟲；無足謂之豸。

狗四尺為獒。

境界高懸，但不是虛無縹緲的，是真實可感的存在。古人表達境界有四句常被引用的文學描述，卻是很具象的。一句是陸游的：「老來境界全非昨，臥看縈簾一縷香。」一句是王國維的，「驀然回首，那人卻在燈火闌珊處」。一句是蘇耆的：「上到天門最高處，不能容物只容身。」一句是陶淵明的：「此中有真意，欲辨已忘言。」這四句話，是哲學，更是文學。印證著余秋雨先生談論莊子的一段話：「形象大於思維，文學大於哲學，活潑大於莊嚴。」

表述人生的體會和感悟，用大而空那一套不妥，聽著好聽，但不實用。舉一個現實裡的例子。一位名歌星自掏腰包，給一所邊遠學校的學生解決實際的難處，從人均一份營養早餐，到宿舍房改善，到學習用品，堅持了好幾年。老師和學生特別感動，多次邀請這位歌星到學校看一看。成行的那一天，歡迎場面很熱烈，很多人都落了眼淚，其中一位貧困生代表抽泣著往她兜裡塞了一張紙條，叮囑她回到家裡才能看。歌星嚴守著和孩子的約定，坐飛機乘汽車，一路上強忍著不看，到北京進了家門的第一件事就打開紙條，上邊寫著七個字，「感謝黨感謝政府」。

孩子的感情是真摯的，只是不太會表達。或者說，我們今天的語文教育沒有教會她準確清晰地表達自己。

不僅僅是孩子，我們有些公共語言的表達，也是欠推敲的，比如「戰線」這個詞，奪取政權的時候，依靠的是槍桿子，是你死我活的鬥爭哲學。建國多年了，還在講這條戰線，那條戰線，聽著就不太像和諧社會的術語，大彎子還沒繞過來呢。再比如大小商場常見的「床上用品」，實在過於簡陋和粗糙，臺灣地區叫「寢具」，比較貼切，但那邊有一個詞叫「管道」，又不及「渠道」一詞的自然和生動。

漢語言的偉大與了不起，截至到目前，主要成就還體現在古漢語的運用上。現代漢語成形不過百年，向外面的語種借鑒得多，從古漢語中汲取的養分不太夠，一百年前「砸孔家店」時，下手稍重了些。

文學的標準

再說說對今天文學標準的看法

一百年前，也在「五四」之前，新文化思潮才啓蒙的初期，有一個口號，「中學爲體，西學爲用」。可以說，這是對未來中國文化結構的思想設計，這個設計非常了不起。一百年後的今天，這個思想設計完成得怎麼樣呢？

我覺著，好像把這個設計弄擰巴了，很多東西，成了「西學爲體，中學爲用」。

我們今天的經濟在世界排名老二，這個排名的標準是西方的。不僅僅經濟標準，太多的領域我們都在聽命于人，工業指標，農業指標，科技，環保，教育，尤其是大學教育。現在的大學教授，嘴裡說不出幾個洋人名字，被視爲沒水平。大學，是出標準的地方，大學教育，尤其是人文學科領域，是關乎民族精神，民族根本的。「五四」大學生走上街頭幹麼？是反對賣國，是爲了不做洋奴。

我們今天的文學標準又怎麼樣呢？有一個事實不能被忽視，沒有向外國文學的學習，就沒有中國現當代文學。這種學習不僅僅是寫作方法，也有思維層面的東西，比如「小說」這個概念。中國的舊文學稱爲「小說」，是基於思維方式的命名，這種文學形式不承擔社會重大責任，基本是娛情娛樂，占個「小」字。中國的舊文人，寫詩寫散文，署自己真實姓名，寫小說，多數用化名，因爲在以前，寫小說不被認爲是文化才能。今天的小說，能走在反思社會進步與倒退的主航道上，是學習西方文學的結果。但現在還有另一個事實，如果把西方的文學標準拿掉，我們有建立在現代漢語基礎上的中國文學標準碼？如果真的把西方文論丟開，可能有些評論家就不太會說話，也不太會寫批評文章了呢。

西北大學有一個碩士生，畢業論文寫賈平凹。核心談賈平凹小說筆下的知識分子形象。他來找我，說是聽聽我的看法。我先讓他說說「知識分子」這個概念。這個學生挺認真，「知識分子」這個概念梳理的挺清楚。我又讓他說說漢語中「士」和「文人」這兩個概念，他說得不太清。我告訴他，中國傳統文化人有個標準，達則兼濟天下，退則獨善其身。知識分子是外來詞，也有一個基本原則，不管達或不達，都要有社會關心。中國的文人與西方的知識分子，在這一點的認知上是有差別的。當代中國的文化突出人物，有對中國傳統反思與揚棄的一面，也有學習借鑒西方的一面。但你敢肯定他們會沿著西方標識的知識分子路標往下走嗎？這位學生說，那這個文章寫不成了。我說你要寫，這個問題值得深入思考，這也是賈平凹寫作裡有大魅力的一面，可以從賈平凹筆下的人物與「知識分子」形象的差異寫起。

一個國家，如果不打算什麼事都跟在別人屁股後邊跑，在有的領域，可以遵循國際標準，而在有些領域，必須有自己的國家標準。前幾天看過一個消息，說二〇一五年人民幣可以實行自由兌換。人民幣自由兌換，意味著我們快有自己的金融標準了。也不知道我們的中國文學，什麼時候有自己的批評標準。

底　線

作家說真話是底線。

真話是實在話。一個人活著，在家裡，在朋友間，在社會上，雲山霧罩的人是不招待見的。真話是落在實處的話，勁道沉著，擲地有聲。真話是不穿漂亮衣裳的，「自然者，道之真也」。真話可能很不中聽，甚至還刺耳。真話的難得之處，是在對事物的認知上有新突破，有新發現。真話也不在高處，真話是尋常話，是普通的話。如果一個時期裡，說真話被當成高風亮節，視爲稀罕物，那麼這個時期就是悲哀的，是社會的悲哀。檢測社會是否悲哀的方法也簡單，讀讀報紙，聽聽電視廣播，翻翻雜誌，心裡就有個大概的數了。建設文明社會，民風樸素是重要的，文風實在同樣重要。社會文明，不在於是否到處鶯歌燕舞，而是惠風和暢，老百姓安居樂業。真話要言之有物，言辭灼灼，但並不是只有持不同政見才是真話，有時候恰恰相反，看美國人歐巴馬和羅姆尼在電視上辯論誰能當總統，各自說的那些真話，有不少句是可以大打折扣的。

西安一個重要部門搞廉政徵文，瞧得起我，讓我當評委，我在總評時說，廉政建設不是高屋建瓴，不是從高房子上往下潑水，而是底線建設，是給社會築防洪大壩。還引用了清初大學者顧炎武的那句話，「士大夫無恥，是謂國恥」。公務員隊伍失去規則，等同於國家失去規則。

實話可以實說，也可以打比方說，舉例子說，繞彎子說，但無論怎麼說，說的心態要平和。跳著腳說，揮舞著拳頭說，呼哧帶喘著說，義憤塡膺怒髮衝冠著說，是說話時表情豐富。如果覺著解氣，可以這麼既歌之又舞之，但不宜養成這麼說話的習慣，太勞碌身體。美國第三十二屆總統叫羅斯福，他是唯一連任四屆的總統，原子彈就是他下命令開發出來的。但下命令給日本扔兩顆的不是他，是他的繼任者杜魯門。羅斯福談到研製核武器時打過一個比方，「說話要和氣，但手中要有大棒」。第三十四屆總統艾森豪維爾把這句話往前推動了一小步，「（揮舞大棒的時候）不要露出手來，以防手被捉住」。這兩句話也可以應用到寫作上來，寫文章要言之有物，要有真知灼見，但心態要平和。寫文章的最高技巧，是不露出技巧。

怎麼樣理解主見

作家要有主見。

主見不是主子的見解，是自己可以當家作主的想法和看法。主見也不是勞神勞力著去特立獨行，成天價尋思驚天動地什麼的，這樣易功利化，更俗氣。主見是思維習慣，是生活裡的常態，是思考人生和表述人生的基本方式。

豐子愷〈給我的孩子們〉裡有一段話，對怎麼樣理解主見很有啓迪。

瞻瞻！你尤其可佩服。你是身心全部公開的真人。你什麼事體都像拚命地用全副精力去對付。小小的失意，像花生米翻落地了，自己嚼了舌頭了，小貓不肯吃糕了，你都要哭得嘴唇翻白，昏去一兩分鐘。外婆普陀去燒香買回來給你的泥人，你何等鞠躬盡瘁地抱他，餵他；有一天你自己失手把他打破了，你的號哭的悲哀，比大人們的破產、失戀、

broken heart（心碎），喪考妣、全軍覆沒的悲哀都要真切。兩把芭蕉扇做的腳踏車，麻雀牌堆成的火車、汽車，你何等認真地看待，挺直了嗓子叫「汪——」「咕咕咕……」來代替汽笛。寶姊姊講故事給你聽，說到「月亮姊姊掛下一只籃來，寶姊姊坐在籃裡吊了上去，瞻瞻在下面看」的時候，你何等激昂地同她爭，說「瞻瞻要上去，寶姊姊在下面看！」甚至哭到漫姑面前去求審判。我每次剃了頭，你真心地疑我變了和尚，好幾時不要我抱。最是今年夏天，你坐在我膝上發現了我腋下的長毛，當作黃鼠狼的時候，你何等傷心，你立刻從我身上爬下去，起初眼瞪瞪地對我端相，繼而大失所望地號哭，看看，哭哭，如同對被判定了死罪的親友一樣。你要我抱你到車站裡去，多多益善地要買香蕉，滿滿地擒了兩手回來，回到門口時你已經熟睡在我的肩上，手裡的香蕉不知落在哪裡去了。這是何等可佩服的真率、自然，與熱情！大人間的所謂「沉默」「含蓄」「深刻」的美德，比起你來，全是不自然的，病的，偽的！

你們每天做火車、做汽車、辦酒、請菩薩、堆六面畫、唱歌，全是自動的、創造創作的生活。大人們的呼號「歸自然！」「生活的藝術化！」「勞動的藝術化！」在你們面前真是出醜得很了！依樣畫幾筆畫，寫幾篇文的人稱為藝術家、創作家，對你們更要愧死！

怎麼樣理解主見，於今天的作家，不是一件小事。

還有一點，挺重要的。要理解或諒解文人和作家們表達主見，假如一個時代裡文人和作家都不發聲了，不是這個時代的亮點，而是悲哀。讀過一段比較怵目驚心的話，不知道作者是誰，也抄錄在此吧：「錢鍾書先生很厭惡政治，但並不是不關心政治，是眼見的政治太讓他寒心了。他不是一個有意要做隱士的人，而是現實讓他太失望，到最後他連說一說的興趣都沒有了。沈從文先生在臨終前，家人問他還有什麼要說，他的回答是：『我對這個世界沒有什麼好說的。』沈先生是一個弱者，但他臨終的這句話卻是強音。」「像錢鍾書先生一樣，王力先生後來也是一個不再多說話的知識分子，他們的沉默，我們可以理解爲是對一個可恥時代的控訴，但那樣的屈辱，對知識分子的精神打擊是毀滅性的，長時期的這樣生活，有時可以改變一個人的性格。」

（本輯文章爲陝西省委組織部文化審美幹部培訓班上的講稿）

〔附錄〕

散文，以及穆濤的散文

鮑鵬山

在中國古代文學史上，並無「散文」的名稱，這類文章的名稱，最早叫「書」，叫「春秋」，後來叫「傳」，叫「語」，叫「子」。這些文章中，後來一部分上升為「經」，一部分叫「史」。屈原將其稱為「辭」，漢朝叫「賦」，六朝叫「駢文」，韓愈叫「古文」，並倡「文以載道」。後來又有小品文、雜文等諸多稱呼，而「散文」的名稱是白話文出現以後才有的。

散文，這個命名有點意思。《莊子》裡，講無用之木為「散木」，無用之人為「散文」，照此說法，「散文」就應該是「無用之文」的意思了。可是，《莊子》在把無用之木命名為「散木」的同時，又把有用之木命名為「文木」，則「散」與「文」為一組對立的反義詞了。如是一說，「散文」一詞，其構詞，猶如「是非」、「對否」、「好壞」、「黑白」、「榮辱」，是反義並列法，而不是偏正法，「散」不是偏，「文」不是正。既然「文」不是正，「散文」說的就不是文章——好在莊周先生沒有用「文人」來指稱「有用之人」，算是給舞文弄墨之人留了一些面子。不過，在傳統士大夫的觀念裡，「文人」確實不是對一個操持文字者好的評價，在他們那裡，志於道，，寫文章是要「文以載道」，要附庸經史而經世致用，文不是目的，文只是載體，被載的道才是目的。沒有道，只是吟風弄月心靈雞湯是上不了檯面的，無病呻吟不行，有病呻吟也不行，只要是呻吟，就不行，就被視爲「文人」，屬於對社會既無害也無用的一類。

中國散文的歷史中，唐宋八大家是巨擘。八大家之首，被蘇軾稱讚爲「文起八代之衰」的韓愈，一生低首三代兩漢之文，自承「非三代兩漢之書不敢觀」，三代兩漢之書，就是《尚書》、《春秋》及其三傳、《易》、《禮》及老孔而下的諸子、司馬遷、班固等人的著作，這些著作在古代圖書分類中屬於「經、史、子」三類。他們的價值，在於「爲天地立心，爲生民立命，爲往聖繼絕學，爲萬世開太平」，是「究天人之際，通古今之變，成一家之言」的大著作。其作者，非聖即賢，都是有大境界的人，都是得道弘道之人。所以，在韓愈看來，寫文章，必有一個願心：那就是明道。「文以載道」，是文章的使命，是文章的身分證，是文章的最高境界。既如此，則撰文之人，必是有道之人方才稱職；撰文之前，必先出乎其類，拔乎其萃，優入聖域，獲得言說的資格。這種資格，首先是一種道德上資質，然後才是語言上的能力。先修養身心，再說三道四，用夫子的話說，叫「先行其言，而後從之」。

由此，要舞文弄墨，必先有仁德有智慧有勇氣：有仁德擔當道義，有智慧勘破世相，有勇氣說出真相。唐宋八大家的另一位高人蘇東坡，說先秦諸子是「黃鐘大呂」，後代作者則不過「秋蟲時鳴」。造成這種區別的原因在於，前者在爭鳴時代，大狗小狗都可以叫；後者在一統時代，漸漸趨向獨裁，大狗叫，小狗不能叫，或只能跟著叫，不能對著叫了。跟著叫，就只能如秋天的蟲子，逢秋而鳴，歌功頌德，潤色鴻業。

假如不願跟著叫，又不敢對著叫，那就繞著彎子叫。這也是有傳統的，《毛詩序》所謂的「主文而譎諫」，說穿了，就是繞著彎子叫。但繞著彎子叫，有一個原則：不能讓人聽得出你的控訴和不滿，你得不怨天不尤人只怪自己命苦才行。泰戈爾說：獨裁者覺得受害者的痛苦是忘恩負義。那個身處魏晉多事之秋、「名士少有全者」時代的阮籍，常常臨歧而哭，長嘯也是哭，唱歌也是哭，寫詩也是哭，但詩中多用比興，言在此而意在彼，弄得歸趣難求，難以情測。其實，他用比興，不是出於藝術的考慮，而是出於政治的考量：他有苦痛要表達，卻又不敢讓司馬昭覺得他忘恩負義。這一點，司馬昭明白得很，司馬昭說，你這不叫藝術手法高超，你這叫為人絕對謹慎——至慎。好在司馬昭知道阮籍膽子小，不會壞他的大事，還能給其他人做縮頭榜樣，也就放他一馬了。這一類文章，大都歸入「經史子集」中的最後一類——「集」中，身分要比前三類低。

所以，寫文章，最高境是先把自己修煉成聖賢，如孔孟老莊，即便述而不作，也自立德立言，功業不朽。其次是把自己修煉成烈士，鐵肩擔道義，妙手著文章，如李大釗一般懸頸絞架，猶自張望著赤旗的世界。最不濟也要保持著心靈的敏感——在不能當聖賢英雄的時代，至少心智健全，感覺正常。如阮籍，至少能感覺到時代的不對頭，能明白自己被壓迫著是在受苦而不是在承歡，從而能有被侮辱感並覺得痛苦。其實，作爲一個作家，良知有時是這樣的一種扭曲的狀態：在不能說出真理甚至不能說出真相的時代，至少應該感到痛苦並表達痛苦——哪怕是繞著彎子很藝術地表達痛苦。

以上的文字是讀了穆濤的散文集《先前的風氣》後，莫名其妙寫下來的。讀一本今人的散文集，聯想起散文的歷史——那是說明，我感覺到了，《先前的風氣》是承續著散文的文脈的，是承接著先前的散文風氣的，是立德立言之文，是敦厚風氣之文。境界高邁，超越是非，文字厚道，幾乎聖賢氣象，直接最高境界。

濤的文字在當代是一流的文字，規範正道又幽默親切，簡約含蓄又意蘊豐足。規範正道看起來是文字的基本功，但是，當代很多作家卻並不具備這份基本功，這份基本功是建立在對古代漢語嫻熟掌握的基礎上的，很多當代作家的古文修養顯然不夠。規範規範，那是規矩和模範；規格規格，有規才有格。有規矩，然後才可以說有高格。文字是有規矩的，是有門第的，是有身分的，是有等級的。

規範了，才能正道。規範是語法和詞法，正道則是一種風格，它來自於作者的語言修養——他能判斷出哪種語言風格是有境界的語言，有身分的語言。與例而言，這樣的作家，自尊心也使他不會寫出諸如「你有吃飯嗎？我有」這樣混血的句子。混血的句子，也是混帳的句子。漢語是有文化的語言，因爲歷史悠久積澱深厚大家輩出經典汗牛充棟，漢語身分高貴，氣象萬千，用漢語寫作，有點像和大家閨秀談戀愛，你自身得有些教養，至少得有對於文化的敬重，否則就如同高衙內調戲林娘子，那不是愛情，是對語言耍流氓。對語言的敬重，也是作者內心正道的體現。讀穆濤的文字，因爲其文字的正道，我就感覺他爲人的正派，他在面對語言時的本分謙恭恪守規矩，使得他的文呈現出一種高貴的氣質。

但穆濤並不道貌岸然正襟危坐，他自有一份輕鬆幽默。有意思的是，他的這種幽默往往還不是出於文字效果的考慮，而是出於他輕鬆自得雲淡風輕的態度：他可以舉重若輕，他可以哀而不傷，他可以怨而不怒，他可以樂而不淫。穆濤的風格來自於他的性格，文字來自於他的氣質，機智幽默卻出自於他的憨誠厚道。因爲他總是洞悉人心，所以不免常常幽你一默，機你一鋒，但宅心仁厚，所以他常常是仁厚包裹著才智。他說事，總是留有餘地，這是他洞悉世事，知道凡事都有因果，而因果不止一端，故不可極端；他說人，也是心存寬恕，這是他體諒人心，知道凡人都有苦衷，而苦衷不可盡悉，故不可究悉；他諷世，更是怨而不怒，這是他意在匡正，知道興亡都有氣數，而氣數總有消息，故不可勉強。他熱諷你，你心中五味雜陳但臉上卻掛得住，因爲他從不撕破了說；他冷嘲你，你感到切膚之痛卻並不由此積怨種仇，因爲從不抵死了說。讓你臉上掛得住，給你生路，這是他的厚道處。這種厚道，體現爲文風，就是聖賢氣象。所以，穆濤的文章，讓我們想起先前的風氣——文章的氣象，就是人的氣象。

再說簡約含蓄。簡約含蓄歷來是語言的最高境界，它的根源也在人的境界。喋喋不休誇誇其談嘵嘵善辯固然不是簡約含蓄，但簡約含蓄也不是吞吞吐吐閃爍其詞，而是言簡意賅，要言不煩，不是心中有鬼而是心中有分寸，不是想隱瞞什麼而是要折衷什麼。這種折衷分寸的根據是：這世界上，有大的原則，卻也有小的通融，大處要分明，細處宜模糊，若一味計較，到最後反而沒有滿盤道理了。東方朔感嘆：談何容易！知道談何容易，才能做出聖賢文章。

穆濤的文章謀篇布局上也極有特點。我們這一代，讀中學時讀的是楊朔、秦牧、劉白羽三大家，三大家固然有其魁偉傑出處而不可妄加菲薄，但其不足處也毋庸諱言。他們都布局精心而結構精巧，卻又動輒升華主題而文風浮誇，以文章的精心布局來重置現實中的時空關係從而再造現實粉飾現實。布局越是精心，對現實的扭曲越是嚴重，對事實的遮蔽越是嚴實；越是升華高超，越是虛情假意，浮誇空泛。影響所及，幾代人很難脫其窠臼。但穆濤幾乎把這樣的風氣洗刷殆盡，他提筆爲文，不知何處下筆，又何處不可下筆，如同高明的畫家，在一張白紙上，東一筆西一點，毫無心機，讓我們莫名其妙，但到了最後，待意義水落石出，竟然萬象畢呈，纖毫畢現，處處妥帖，無一筆不在其位，無一點不得要領，令我們喟然而嘆。東坡先生說自己的文章是「常行於所當行，常止於不可不止」，穆濤的文章，則給我不當行也行，有何不行；不當止就止，無不可止的感覺。這種謀篇布局，已達到不謀不布，篇局自在的神妙境界。蓋穆濤撰文，用心不在文章，而在自家心意興致，本自乘興而行，興盡自然可返，彼處既可起興而行，此地有何處歇不得？文章不是文之彰，文章乃是心之跡，是心靈行跡，心行文顯，心息文寂。

新時期以來，散文中「文化大散文」奇葩獨放，出現了不少傑出的作品。但這種以宏大敘事爲基本特色的散文，卻也常常粗疏空洞甚至矯情，不僅缺少與宏大的規模相應的思想的厚重，甚至連一些基本史實和文本解讀都不得要領，而其矯情煽情處，則正讓我們又看見「三大家」的「升華」套路。跳得出跳不出前人窠臼，正可以驗明作者的才力。穆濤散文，文化深厚卻篇幅短小，大多數只有千把字。我暫謂之「文化小散文」。大者，往往有小算盤，小者，常常具大氣象。穆濤的《先前的風氣》，雖都是短小篇什，卻是有良知的剴切之作，有德性的濟世之文，有智慧的覺人之言。蓋其真有文化，從而小而深厚，小而廣大，別嫌疑，明是非，定猶豫，善善惡惡，賢賤不肖——這是爲文者的基本立足點和職業良知，今日操持文字者，多少人無此能力，多少人甚至無此意思！

〔附錄〕

訪談：文學寫作，要有良知和良心

穆濤、徐中強

徐中強（以下簡稱徐）：在很多場合，您都反覆強調，你是一位編輯，而不是作家。為何如此看重「編輯」身分？

穆濤（以下簡稱穆）：我給您說說我的經歷吧。我是二十世紀八〇年代中後期開始當編輯的，在《文論報》編輯過文學評論，在《熱河》和《長城》編過小說。那時候文學氣氛濃且熱，對編輯也尊重，能夠當上編輯是挺不容易的事。那個時期有一批很有水平的老編輯，是「文革」劫後餘生「重操舊業」的，各個省都有。現在國內一流作家，超過五十歲的，都得到過那批人的指點和啓發。一九九三年，我由河北調到《美文》，也有這樣的一位，叫王大平，是副主編。主編是賈平凹，他是旗幟。編好一本雜誌是綜合性工作，一間門面開張迎市了，當家掌櫃的很重要，後臺操持日常運行的同樣重要。在《美文》編刊上，王大平是主心骨。他對平凹主編「大散文」寫作主張的認識很到位，案頭功夫好，學問底子扎實。又眼力敏銳，眼界開闊，《美文》今天的編刊體例，還是他當年的布局打的底子。可惜老先生退休時還是副編審，大平先生今年七十五歲了，退休多年，但一直受到《美文》同事的敬重，包括平凹主編。一個人一輩子做一份或幾份工作，但做技術活的，能一以貫之白頭偕老最好，自己的技術活能得到同行的肯定，如還能夠被尊重，是此生無憾的事呢。

徐：韓寒曾也不看重他的「作家」身分，更喜歡人們稱他「賽車手」，您如何看待「賽車手」韓寒、導演韓寒以及「作家」韓寒？

穆：平凹主編以作家名世，在寫作之外，他還畫畫，寫書法。你要誇他書法好，他樂得屁顛屁顛的；你要說他畫畫不好，他會一笑了之。你要說他文學作品不好試試，嘴上不會說什麼，心裡會彆扭，還有他的大多讀者也不會饒你。文學寫作是賈平凹立身立世之本。平凹主編和韓寒是兩代作家，生活方式區別大。韓寒的導演和賽車手身分被關注，是他寫作的衍生物。我尊重韓寒的寫作，他有他的文學智慧，而且有著他這個年齡人的心理健康。我是編輯，對風格鮮明的作家打心眼裡喜歡，可惜我沒有編發過韓寒作品。韓寒還需要用更鮮明的寫作豐富富他的文學智慧。

徐：您稱自己爲「職業編輯」，卻多次獲得文學獎，這是「無心插柳柳成蔭」，還是說「插柳」文學是「職業編輯」的職業能力之基本？

穆：我得的編輯獎多。一九九八年得過陝西省的文學編輯獎，二〇〇三年得過中國作協頒發的「郭沫若散文隨筆獎·優秀編輯獎」，還因爲當編輯入選陝西省「四個一批」人才，但這些不受關注。獲魯迅文學獎的《先前的風氣》這本書，說白了，是一本讀書札記。我爲什麼要讀點歷史呢，是爲了編輯《美文》。一九九八年我主持《美文》編刊工作，做好副主編，就是把主編的具體想法轉化爲編輯內容。平凹主編倡導的「大散文說」，直接對應著漢代的文風。我先看些先秦的，後來就開始看些漢代以及與漢代相關的書，側重史書，那裡邊隱著漢代的文風。後來以「稿邊筆記」爲題，把讀書的想法與看法一期期在《美文》登出來。稿邊筆記這種寫作方式被省外的一些報刊看重，上海《文匯讀書周報》和北京《十月》雜誌還開了專欄。《先前的風氣》就是這三個專欄文章爲底子編成的，但不是無心插柳，寫這些文章我很用心，也下了功夫。至於《先前的風氣》獲魯獎，是意外的喜悅。我老家河北有一句民諺，叫「摟草打了個兔子」，是說人是去割草的，還在草叢裡收獲個兔子，就是高興的事。

徐：您有一本散文集名爲《放心集》，您如何理解「放心」，生活中，怎樣才能做到放心？

穆：那是二〇〇〇年出的一本書，為了評職稱。不出一本書，高級職稱評不上。做編輯的得去寫一本書才能參評。給一個裁縫定位，還得讓他去織一塊布，這不太對路數。我出過幾本書，出書的時間分別和我評中級、副高、正高職稱的時間基本吻合，我還翻譯過一本書呢，叫《名譽掃地：美國在越南和柬埔寨的失敗》，因為評職稱還要外語過關。

書叫《放心集》，其實是不放心。我們經常被教育要「志存高遠」「心懷世界」「放飛心情」，我們不太進行「放心」教育，什麼都講「跨越式發展」。小學生就要求做「革命事業接班人」，心太重了，至少該放到中學。如今家長對孩子不放心，妻子對丈夫不放心，領導對部下不放心，鄰里之間不放心。在歷史上，漢代和唐代的一些時候，有過「路不拾遺、夜不閉戶」的史評，那真是社會安心的大狀態。今天，不僅不「路不拾遺」，還在路上搶呢，講究點方法的叫「碰瓷」。還敢「夜不閉戶」？防盜門越做越高級，這呈現的都是社會的「不放心」。對這些現象，很多人都在指責，卻疏忽了一個問題，疏忽了對自己的詢問。天天講更上一層樓，或上一個臺階，您自己讓他人放心了嗎？

徐：創作散文，需要創作者洞開內心情感世界，讀者從中獲取美的感受，且在潛移默化中受到啓迪和薰陶，洗禮和昇華。從這個角度講，散文是否也可稱為「心靈雞湯」？

穆：雞湯是滋潤身子的，心靈的雞湯是滋潤心神的。「心靈雞湯」一類的文章能做到您說的啓迪和薰陶，但做不到洗禮和昇華。我舉個例子，散文裡有不少寫鄉村愛情的，寫老屋、老樹、鄉間小路、炊煙、麥香，這些都是滋潤心神的。但在當下的農村，你見不到孤獨無助的留守老人和無依無靠的留守孩子麼？見不到城鄉基礎教育的巨大落差麼？如果眼裡看不到這些，就是良知與良心有所欠缺。文學寫作，情感要沉實下去，要認識到社會思潮的焦灼層面。平凹主編倡導大散文寫作，基本指向就是作家要有良知和良心。

徐：您此次獲魯迅文學獎的作品名爲《先前的風氣》，「先前的風氣」是怎樣的？有哪些是當今人們所缺失的？或者說，哪些「先前的風氣」是亟須恢復或重建的？

穆：今天中國的經濟總量是在世界排名老二，無疑這是革開放以來取得的巨大成就。但同時有一個問題需要追問，中國人的行爲方式，或者說中國人的形象，在世界上排名多少？排得進前二十嗎？其實，我們失信於人的往往都是一些細處，缺規矩，缺誠信，而這些，恰恰是中國老祖宗的優勢地帶。以前，我們叫「禮儀之邦」，禮就是規矩，今天對「禮」的理解是走了形的。另外，中國的經濟總量在世界上排名第二，但排名所依據的標準是西方的。目前，我們的許多行業，都得有自己的標準，經濟、醫療、教育、環保，以及工業和農業的諸多指標。如今國家強大了，可以在國際上發言了，但掌握到手裡的發言權還不太多。國家之大，要大在根子上，要建立自己的標準。秦朝的時間不長，只有十幾年，但秦國時間長，秦的文化遺產是在諸多領域建立了標準。漢朝建立的更多。這些標準都被當時的世界所尊重，所遵循。關於秦代，有一點應該引起重視。秦朝是突出「先軍政治」的，秦給我們的教訓是摧殘文化生態，今天宣傳大秦帝國，在這一點上要清醒。陝西歷史厚重，三秦大地裡的這個「大」字，不是大在帝王多，而在於給傳統中國樹立了一系列標準。比如周禮，孔子也要講「克己復禮」的，復的這個禮就是周禮。比如中國人日常行爲裡的仁義禮智信，是在漢朝成型的。再比如，止於清朝，中國有兩個國家形態，周朝的「分封建國」制，秦國以降的「帝國制」，都是陝西這片厚土貢獻出來的。包括我們今天的國家體制，也是在延安初創的。這其中蘊含的價值有待於我們陝西作家去研究，去挖掘，去呈現。

《先前的風氣》這本書比較浮淺，只是一本讀歷史的札記。我個人水平低，沒有能力思考大的問題，但在此提出來，向大家求學求教。

九歌文庫 1239

先前的風氣

作者　穆　濤
責任編輯　蔡佩錦
創辦人　蔡文甫
發行人　蔡澤玉
出版發行　九歌出版社有限公司
臺北市105八德路3段12巷57弄40號
電話／02-25776564・傳真／02-25789205
郵政劃撥／0112295-1
九歌文學網　www.chiuko.com.tw
印刷　晨捷印製股份有限公司
法律顧問　龍躍天律師・蕭雄淋律師・董安丹律師
初版　2016年12月
定價　300元

書號　F1239
ISBN　978-986-450-098-7
（缺頁、破損或裝訂錯誤，請寄回本公司更換）

國家圖書館出版品預行編目資料

先前的風氣 / 穆濤著. -- 初版.-- 臺北市：
九歌, 2016.12
272面 ；14.8×21公分. --（九歌文庫；1239）

ISBN 978-986-450-098-7（平裝）

855 105020903